Jesucristo Vuelve a Casa

Fabian Kussman

This book does not replace the advice of a medical professional. Consult your physician before making any changes to your diet or regular health plan.

The information in this book was correct at the time of publication, but the Author does not assume any liability for loss or damage caused by errors or omissions.

Some sample scenarios in this book are fictitious. Any similarity to actual persons, living or dead, is coincidental.

ISBN 9798846395374

También escritos por Fabian Kussman

La Abdicación de Bashkin

Versión Impropia

Fletcher Shaw y el Hechizo de la Mujer Cobra

Silenciosos Sonidos de Medianoche

El Regidor

Crudo

Jesucristo Vuelve a Casa

Fabian Kussman

A Claudio Kussman, quien trata de
ponerle cierto sentido a la cosa

"Nunca ha existido una gran mente sin un toque de locura".

- Aristóteles.

"Si hay un ser supremo, está loco".

- Marlene Dietrich.

"Puedo calcular el movimiento de los cuerpos celestes, pero no la locura de las personas".

- Isaac Newton.

Jesucristo Vuelve a Casa

Fabian Kussman

PARTE 1

1

El Hombre nadó entre las nubes. Durante un segundo volvió su mirada al cielo e intento gritar, pero varios insectos se instalaron en su garganta impidiendo esa acción. Se limitó a pensar: “Otra vez me has abandonado!” El viento comenzó a cortarle la piel. Decidió adquirir una posición fetal advirtiendo que tomaba aún más velocidad. Respiró profundamente y adoptó una nueva postura, convirtiéndose en una estrella humana. Extendió sus extremidades produciendo una estela blanca en su caída. Miró sin ver. El planeta se aproximaba en su dirección y el sol se alejaba. Y se expandía. Los marrones, los blancos y los verdes cuadrados cambiaban de tono a medida que crecían en dimensión. Las casas, los parques, las calles, los vehículos se acercaban de manera preocupante. El hombre volvió a plegarse y su sudor se congeló sobre él. "A ti me entrego", susurró un par de veces. El contacto hundió el techo y convirtió en partículas el material de yeso. "pues, polvo eres...". Atravesó y quebró vigas y su cuerpo maltrecho se detuvo sobre una mesa recién vestida con un mantel blanco de algodón, un delicioso vino, diferentes tipos de panes, y una sopa caliente que se volcó sobre sus brazos.

Allí, la familia González permaneció inmóvil, con el señor Miguel a punto de degustar la bebida, la señora Lupita con la cuchara a medio camino de su boca, y la joven Ruby, indecisa entre pintar sus uñas o tomar un sorbo de alcohol cuando su padre se desatendiera. El material destruido de la cúpula los tiñó de blanco. El silencio se apoderó del lugar. Todos miraron al huésped imprevisto. Su rostro, una tormenta de verano, herido, sin oportunidades, era calmo. Su cabello rubio, casi rojizo como su barba, no expresaba dolor, aunque la sangre lo bañaba. Empezó a moverse sobre la destartalada mesa y lo ayudaron a ponerse de pie. Aún estaba frágil, como si un noveno asalto del combate lo encontrara con varios puñetazos impensados. Lupita le acercó una silla, pero él, sonriente, declinó la oferta. Ruby trató de quitar su vista del desconocido y meneó su cabeza forzando sus ojos a seguir la rotación hasta encontrar un retrato en la pared. Volvió su rostro hacia él. La reproducción en un cuadro de plástico y este tipo eran familiares, tal vez hermanos.

"¿Como te llamas?" preguntó Miguel sin saber porque lo hacía.

El huésped elevó sus ojos hacia la noche. Sus movimientos eran lentos. Su mirada de paz demasiado melosa irritaba al dueño de casa. El extraño abrió sus brazos y un halo de luz invadió sus espaldas.

"Jesucristo"

"Si, ¡Jesucristo!," dijo Miguel disgustado por el boquete "Ese techo será difícil de reparar"

La luz se apagó, y también el ruido del motor del vehículo que se había estacionado junto a la casa. En segundos, una mujer regordeta, apretada entre coloridas, extravagantes y escandalosas ropas de cuero, abrió la puerta con autoridad.

“Por las bolas del abuelo! ¿Qué cuernos pasó aquí?”

Aun sosteniendo al hombre desnudo, Miguel intentó explicar lo sucedido a su hermana, Myrna, aunque se dio cuenta que sabía muy poco de lo que había pasado.

“Aún no lo sabemos, Myrna” intentó Miguel.

Myrna dirigió sus ojos extremadamente adornados de maquillaje a la lastimada cara y la bajó, entusiasmada, hacia sus partes privadas. Recién en ese momento, Lupita se dio cuenta y juzgó que debía tapar la visión de su hija. Ruby, molesta, se hizo hacia atrás, rechazando las gestiones de su madre.

“¿Y este quién es?,” preguntó Myrna, y miró la abertura en el cielorraso nuevamente. “¡Madre Mia! ¡Te dije que el techo no iba a resistir con tus injertos, Miguel!”

“No lo se. ¿Cuál es tu nombre, buen hombre?”

“Jesucristo” repitió el vándalo.

“Es la segunda persona que conozco que se llama Jesucristo.” Aseveró Ruby sin quitar los ojos de la desnudez. “¿Se acuerdan del viejito que vendía vajilla en la esquina de Percy

Street y la 50? Se llamaba Jesucristo González"

Su madre volvió a intentar cubrir sus ojos, finalmente, rendida, decidió envolver a Jesucristo con el manchado mantel.

"¿Viejito?," protestó Miguel "¡Tenia mi edad!"

"¿Y de dónde has salido tú, J.C.?" presionó Myrna.

"Debe haber caído de un helicóptero" aventuró Lupita.

"O se subió a la azotea a robar, el techo cedió y se le vino abajo" sospechó Miguel, observándolo de reojo.

"¿Y robar que?" preguntó con burla Ruby "Cualquier ladrón con un poco de decencia ve lo que tenemos y deja veinte dólares de la pena que le da..."

JC bajó su cabeza. tímidamente se apoderó de una servilleta de hilo y comenzó a limpiar sus heridas. Mojó un extremo del paño en una pecera, perturbando a dos habitantes acuáticos. Lupita, en asombrosa reacción, la intercambió por una más barata toalla de papel.

"Agua..." suplicó JC. Mientras Lupita lo asistía, Ruby asió de la manga de la blusa de su madre, obligándola a girar hacia la pared. Lupita observó el retrato de un Jesucristo que les hablaba a sus seguidores en el Monte de los Olivos y asestó rápidamente sus ojos sobre JC. Se asustó. Trató de sonreír. Negó con su cabeza. Asintió. Se persignó repetidas veces y se refugió en los brazos de su hija.

"Hay que llevar a este hombre al hospital," sugirió Myrna. "JC, ven conmigo. Necesitas atención médica. Hay que rogar a Dios que no tengas nada muy grave..."

JC la miró y sonrió. Era una mirada dulce, calma, pero inquebrantable.

"Yo soy el camino, y la verdad, y la vida. Nadie viene al Padre sino por mí"

Miguel tomó su celular.

"¿Quieres que llamemos a tu padre? ¿Qué número de teléfono tiene? Así te viene a buscar y hablamos del techo," Miguel aguardó por una respuesta, mientras recibía duras miradas de las mujeres "¿Qué? ¡Alguien tiene que pagar la reparación!," ansioso, impaciente, excitado, con gran necesidad de comenzar a negociar los detalles, se dirigió a

JC tratando de ser diplomático pero firme: “Buen hombre… ¿El número?”

JC bebió un sorbo de agua. Su rostro se deshizo del polvo que aún habitaba en su cabellera.

“El que me ama obedecerá mi enseñanza. Mi Padre los amará, y vendremos a ellos y haremos morada con ellos”.

Miguel no comprendió una sola palabra, pero comenzó a ponerse nervioso. ¿Este sujeto pretendía vivir con ellos? ¿En su casa? ¿Además traería a su padre? ¡Cuántas ínfulas! ¡Qué descarado!

“Mire, buen hombre… aquí no hay lugar. Tenemos una sola habitación y mi hija tiene que dormir tras aquella pequeña tarima… y está Myrna,” dijo Miguel señalando a su hermana “Que -a veces, alguna que otra noche- nos honra con su presencia”

Myrna lo apartó, disgustada, para posicionarse junto a JC, demasiado cerca. El hombre dio un paso atrás, casi chocando con los dos peces que nadaban enérgicamente dentro de la pecera.

“Yo trabajo todas las noches, JC,” dijo Myrna, quien sintió la necesidad de ofrecerle una explicación "Y algunas noches, luego del cierre del local, trabajo unas horas extras, si sabes lo que quiero decir..."

"Trabaja duro," advirtió JC "pero no solo para complacer a tus amos cuando te están observando. Como esclavos de Cristo, hagan la voluntad de Dios con todo su corazón... mientras descanses al séptimo día..."

"Bueno... los fines de semana son los días más ocupados y sí, trabajo como un caballo. Generalmente, los chinos vienen y pagan bien por danzas privadas" se excusó Myrna, coqueteando. Ella dio un paso extra y posó su mano sobre el pecho desnudo del hombre "pero tengo libre los martes, si me quieres invitar a cenar..."

Lupita volvió a persignarse. Y repitió el acto varias veces.

"¡No cuentes eso!" pidió Lupita.

Miguel González aun agitaba su teléfono, en el medio de un caos en el cual cada uno tenía una opinión, en el cual cada uno quería imponer su parecer vociferando.

"¿Por qué no? Yo no tengo nada que esconder... yo estoy muy orgullosa de lo que hago y no le tengo que rendir cuentas a nadie, ¿entiendes?" contestó Myrna.

"La semejanza es asombrosa" sentenció Ruby.

"Buen hombre... ¿su padre...?" insistió Miguel.

Lupita y Ruby siguieron cruzando miradas. Volvían a mirar el retrato y volvían a examinar al extranjero.

"¿Un número de teléfono...?"

Miguel elevó su voz.

"¿Cómo se llama su papá...?"

"José, el carpintero..." pudo decir JC entre otras voces.

"Ruby, ¿Cómo se llama eso? ¡Google...! ¡busca en Google...! José Carpintero..." solicitó Miguel cediéndole su celular.

"Miguel, es José, El Carpintero..." dijo Lupita.

"¿Qué quieres decir El Carpintero? ¿Es carpintero?" dijo Miguel entusiasmado "¿Nos podrá arreglar el techo su padre, buen hombre...?"

Myrna, determinada a llevarlo al hospital, lo acompañó al lavabo. Abrió los grifos de la ducha cerciorándose de que el agua estuviera tibia y le quitó el mantel. Su cuerpo herido había dejado de derramar sangre. Puso unas toallas sobre la tapa de la toilette y le indicó que las usara para secarse. "Están limpias", le aseguró. JC se sorprendió al tocar esa lluvia cálida en una noche de otoño que caía como una cascada desde un muro. También descubrió que todas las botellas que descansaban sobre repisas de acrílico en los azulejos sabían peor que el vinagre.

Secó su cuerpo y todavía sediento, no pudo beber de esas aguas calientes. La fuente alta estaba seca, y la fuente baja tenía un poco de agua. Sorbió de esta última con dificultad. Se sobresaltó al verse en el espejo. ¿Una de esas piedras volcánicas? Tocó el cristal un par de veces con curiosidad, logrando abrir la puerta. Más frascos que seguramente sabían peor que el champú. Pequeñas tollas húmedas ¿Por qué no las secaban al sol? ¿Por qué tenían pergaminos enrollados y tan delgados junto a la fuente? Allí no podrían escribir. Y esa culebra en el botiquín que tanto le preocupaba. Trató de empujarla con su dedo hasta que cayó al piso y comenzó a rotar sobre si misma lanzando un leve zumbido. JC se arrodilló junto a ella.

"No me tentarás. Se quién eres. No me tentaras..."

JC apretó una protuberancia y el ritmo cambió. Comenzó a vibrar y corcovear, además de incrementar la potencia del silbido.

"No es mío. No me pertenece," dijo Lupita ingresando al baño, avergonzada. Tomó el objeto y apagó su funcionamiento "No es mío. No sé por qué mi cuñada deja porquerías tiradas por cualquier lado"

JC la miró mientras ella trataba de esconder el artefacto entre sus manos. Él tomó sus manos entre las suyas, que a su vez acuñaban el dispositivo.

"Hará lo posible porque caigas bajo su tentación. Esa víbora es muy poderosa... apártate de toda tentación, apártate de todo mal, apártate de la culebra..." aconsejó JC.

Lupita miró el objeto, verde fluorescente, grueso y suave, bello y efectivo, pero JC tenía razón.

"Si, señor, aunque no es una víbora, le llaman El Conejo," Dijo bajando la cabeza "Me dejé llevar por la tentación, pero solamente era $29.95 en internet... no pude resistir"

El la miró comprensivo y le brindó un abrazo paternal.

Cuando salieron del baño, el desnudo y ella mojada por el estrujón inesperado, dejaron boquiabierto a Miguel.

"El problema de la víbora ya está solucionado" anunció JC, triunfante, y abrazó al hombre. Miguel estiró su cintura hacia atrás. No quería su cuerpo muy cerca de las partes privadas de este hombre.

El jefe de la familia respiró aliviado al saber que JC no necesitaría asistencia médica. Sufría al pensar que quizás podía enfrentarse a un juicio. América es la capital mundial de demandas. Mientras Lupita preparaba un colchón en el piso, junto a la mesa del comedor, Miguel extendió el cobertor de su carro sobre el techo, lo sujetó con cuerdas y cinta flexible, pero el menor viento seguramente arruinaría su tarea. Plegarias para que no lloviera. Promesas para que no pasara un ciclón. Tal vez en la mañana pondría algunas tablas sobre el plástico. Quizás pronto José el carpintero pudiera repararlo. Gratis, por supuesto, después de todo era culpa del hijo, no del espíritu santo. Ojalá el carpintero trajera sus propios materiales. Ojalá que no le pidiera ayuda. De cualquier forma, aquí estaba su hijo para asistirlo.

Lupita recorría su casa en busca de cualquier objeto que diera a pensar que rozaba la obscenidad. ¿Dónde estaban esas revistas de Miguel? Las publicidades de lencería eran tanto o más escandalosas. ¿Y la Biblia? Siempre había una biblia en la casa, menos cuando mas la necesitaban. ¿Leerla? Nadie lee la biblia. Solo exhibirla.

Myrna insistía en quedarse esa noche, Ruby trataba de esconderse en su apartado tras unas cortinas y JC agradecía ese nido que le construían en el piso. Estaba cansado. Había tenido un largo viaje.

2

El escritorio de Dylan Dumbar estaba enclavado en un rincón solitario de la oficina de la redacción de Paranormal Weekly. Era un pupitre viejo y arruinado donde reposaban una computadora, un par de cuadernos y algunos lápices que cada mañana, la tímida secretaria del jefe llamada Molly Hart, perfeccionaba sus puntas. Dumbar se había graduado de periodista en la universidad estatal de San Matías, especializándose en política internacional, pero se había movido erráticamente en pequeños diarios pueblerinos y publicaciones que sobrevivían gracias a la publicidad de pequeños comercios. Otros cuatro viejos redactores inventaban con velocidad artículos sobre apariciones fantasmales, avistamientos extraterrestres o vampiros en la niebla en cantidades industriales mientras Dumbar había quedado estancado en una nota sobre burbujas que emergían en la cocina de la casa de una mujer que recientemente había enviudado, pero, luego de redactar casi mil palabras, con un final inconcluso y sin una sola foto, Dumbar no tenía idea de cómo salvar su aburrido trabajo. Tenía en su agenda la historia de un viejo sacerdote que había rescatado a niños víctimas de sectas pseudorreligiosas y ese era un tema que aspiraba abordar. Manoteó una carpeta que incluía los datos y retratos del sacerdote y cruzó la sala rumbo a la oficina de Al Harrison, el jefe.

Pasó frente a Molly, a quien saludó con una mueca. Ella le devolvió una sonrisa. Dumbar golpeó la puerta y entró. Harrison estaba sentado frente a un televisor, jugando con su Play Station.

"¿Algún problema, Dumbar?"

Al Harrison había heredado la revista de su creador, Thomas Harrison, su padre, hacía cuarenta y dos años, cuando él tenía casi treinta y -si bien las ventas eran buenas y la publicidad se mantenía- no había logrado hacerla crecer, conservándo el mismo diseño, la misma cantidad de páginas y un número de personal estable de siete personas. La última y única gran innovación había sido instalar el semanario en el inmenso mundo cibernético.

Dumbar agitó los papeles.

"Padre Jan Warsky, 92 años..."

"Un niño" interrumpió Harrison

"Sirvió en ejército polaco en la segunda guerra mundial siendo muy joven, ordenado sacerdote inmediatamente después estuvo en Corea y en Vietnam como capellán y los últimos veinte años de su vida fueron destinados al rescate de víctimas de sectas..."

"¿Y?"

"¡Vamos, Al!"

"¿Qué hay acerca de las burbujas embrujadas?"

"Ya la terminé"

"¿Ya las has terminado?," dijo Al Harrison deteniendo abruptamente su entretenimiento y dispensándole su máxima atención "Déjame leerla"

"La estoy puliendo..."

"La estás puliendo..."

"Tú sabes, mejorando la redacción..."

Harrison se sentó tras su escritorio.

"Dumbar, Miami está lleno de sitios donde se reportan centenares de sucesos paranormales. Sales a la calle y te encuentras con miles de posibles notas extraordinarias. El edificio donde vivo, por ejemplo, ruidos extraños todo el día. Fantasmas, ángeles, demonios, sirenas, lo que quieras mencionar. Te diré esto: Termina el artículo y te dejaré que elijas tu próxima nota," dijo Harrison "Ve a tu casa, tómate un par de cervezas, termina de... pulir tu escrito sobre las burbujas, descansa y mañana será otro día"

Dumbar abandonó la oficina de su jefe y Molly lo aguardaba con un par de boletos entre sus dedos. Retraída, se armó de coraje.

"Tengo dos entradas para ver a los Miami Dolphins... juegan contra los Jaguars..."

Sin detenerse, Dumbar le arrebató las papeletas de las manos.

"Gracias, sin dudas mi amigo Billy estará encantado"

Dumbar salió del lugar con un fuerte deseo de beber un whiskey con soda. Nada mejor para ello que Harold's, en Brickell Avenue, solo que no contó con los concurrentes que se congregaban a esa hora en el lugar. En su mayoría, eran periodistas del Miami News, International Review, Political Analisys Biweekly y otras agencias destacadas e intelectualmente superiores. La única cara amistosa era la de Jason Rosen, de Hallandale Radio. Estaba apostado sobre la barra, dando batalla a la rama de apio de un muy alto vaso de Bloody Mary. Su tercero.

"Estos tipos se creen dioses porque trabajan en publicaciones prestigiosas, pero al momento de exponer sus opiniones no son más logradas de las que se escuchan en un café cubano de la Calle 8," sentenció Rosen sacando las hilachas del vegetal que tozudamente se habían alojado entre sus dientes "¿Cómo diablos te ha ido, Dumbar? ¿Algún muerto famoso que te esté persiguiendo? ¿Chupacabras invadió South Beach?"

“¿Tú también, Brutus?”

“Lo siento. Permíteme enmendarme... ¡Barman, el Vodka con zumo de naranja de siempre para mi amigo!”

“Whiskey con soda” corrigió Dumbar.

Una bonita mujer se aproximó a los hombres con un vaso de whiskey de malta escocesa con un pequeño chorro de club soda, tal como Dylan Dumbar saboreaba cada vez que visitaba el lugar.

“Scotch, una pizca de Seltzer, sin hielo” dijo la mujer. Tenía unos treinta años, alta, de pelo oscuro y en simpático flequillo que terminaba en la frontera de sus ojos. Había estado en el negocio de la hospitalidad desde su pubertad.

“Ey, Lynda,” saludó Dumbar “Gracias”

“¿Largo día?” preguntó la mujer.

“Larga vida” aclaró él.

“Lynda... ¿tú sabes los tragos favoritos de todos los clientes o solo los de Dylan...? Preguntó Rosen.

“De la mayoría” contestó ella.

“Veamos... aquel tipo junto a la ventana. Camisa roja y saco blanco...”

“Su nombre es Tom. Creo que el apellido es Stephanovic. Originalmente de Denver, Colorado. Trabaja para A.P. Casado con una azafata noruega... Ron dulce con cola”

Rosen apuntó a una chica de anteojos.

“Ella” dijo, desafiante.

“Denise. Soltera. Es una secretaria ejecutiva en Home and Country. Es adicta a los sitios de citas románticas en Internet... Mojito con Limoncillo Helado”

“Ese hombre... el calvo junto al pasillo de los baños...”

“Clyde... Clyde Lowell. Es canadiense. Gay... gay... super gay. Le encantan los Cosmopolitan con un toque de anís,” acertó ella “¿Tal vez tú quieras probarme Dylan...”

“Me encantaría probarte, Lynda. Pero no esta noche...”

Ella guiñó su ojo.

“Fantástica memoria o... ¿Poderes extrasensoriales...?” dijo Rosen, burlón. La mujer sonrió y les dejó a solas.

"Sabes, Dylan... todo lo que ves a tu alrededor es paranormal... lo puedo asegurar. Estoy divorciado de mi segunda esposa, Norah, desde hace seis años y aún a veces la escucho quejarse a gritos porque dejó mi ropa desperdigada por toda la casa"

"Eso sí que es aterrador... tu locura, quiero decir..."

"¿Cómo es que has estado tanto tiempo en ese pasquín, de todas maneras? Siempre pensé que te dedicarías a periodismo serio..." espetó Rosen.

"He tratado..."

"Bueno, eres joven aún... ¿Qué edad tienes? ¿Cuarenta y siete...? ¿Cuarenta y ocho?"

"Treinta y tres..."

Rosen frunció su frente y movió su cabeza examinando a Dylan Dumbar.

"¿Y qué rayos te ha pasado?"

"Se serio..."

"No. Seriamente. Mírame a mí," Dijo exhibiendo su rostro "¡Cincuenta y dos años... y no puedes encontrar una sola arruga!"

"No tienes arrugas porque tienes cien libras de sobrepeso y la piel está tirante para contener la grasa"

Rosen resopló y se concentró en su bebida, pensando que tal vez Dumbar tenía razón. Debía ponerse a dieta. Esa sería su intención en los próximos días: Alimentarse sanamente y bajar esas cinco o seis libras de más y aventurarse con las jovencitas en bikini que desfilaban por South Beach. O simplemente volver con su exesposa. Al llegar a su apartamento, Dylan arrojó sus llaves sobre una mesa y su cuerpo sobre un sillón. Examinó las entradas para el juego de football y se dio cuenta que las había desperdiciado. En esa posición, su chaqueta un tanto enrollada a su espalda apretaba demasiado sus axilas, pero prefirió sufrir. Sabía que se sentiría más relajado desprovisto de ropas, pero era gastar energía que no poseía. Recorrió mentalmente ciertos aspectos de su vida y de sus sueños de llevarse el mundo por delante, para finalmente, preguntarse cómo había llegado a su destino. Es cierto, había postergado su vida en busca de un imposible. Es cierto ¿Se quedaría a solas en la escuridad, lamiéndose las heridas? Es cierto, luchaba contra un sistema, contra su jefe y contra sí mismo. Estaba cansado, pero demasiado cansado para dormir. Conocía esa sensación. La había experimentado como estudiante, cuando asistía a más clases de lo que su tiempo le permitía y trabajaba en más lugares que su cuerpo le facultaba. El control remoto del televisor había quedado fuera del área de alcance de sus brazos. Entre discutir opciones, levantarse de su incómoda posición en el sillón nuevamente para enterarse de las noticias del día y observar cómo giraban las aspas de su viejo ventilador, eligió esto último.

3

Hubo dos personas en la casa que no pudieron cerrar los ojos esa noche. Una era Lupita, quién rezaba frente a una vela en el baño. Otra era Ruby, quien se pasó espiando al extraño con una mezcla de miedo y atracción. Y el extraño estaba allí. Y el extraño, durmiendo sobre su espalda, no se movió durante cinco horas. Y a la hora seis se hizo la luz.

Y se hizo la luz en la única recámara de la vivienda. Miguel tenía un dispositivo interno que, al parecer, funcionaba a energía solar.

Apenas el gran astro impactaba en sus pupilas, saltaba de la cama, se envolvía en sus ropas de trabajo, se lavaba la cara, cepillaba sus dientes, desayunaba ligeramente y se montaba en su camioneta en busca de ganarse el pan de cada día. Era un hombre bueno, si existe el hombre bueno en el planeta, gruñía, pero no mordía. Estuvo dispuesto a albergar a un extraño en su casa, teniendo en cuenta que había destrozado su techo, era una actitud más que considerable. Estaba dispuesto a ayudarle hasta que pudiera encontrar a su padre. Estaba dispuesto a muchas cosas, pero quería que repararan las averías de una u otra manera. Miguel concluyó su rutina arrojando un mechón de pelo sobre su frente y salió al comedor, donde su familia estaba reunida, enmudecida, alrededor de la mesa. Miguel se aproximó lentamente y antes de ver el mueble, vio el rostro imperturbable de JC. Bajó la vista y observó docenas de pequeños, crujientes, humeantes y tentadores panes sobre un lienzo de lino blanco.

Su esposa lo miró y asintió.

“Y lo hizo solo con un cuarto de harina y un poco de grasa de cerdo…” afirmó Lupita en voz baja.

Miguel atrapó uno de los panes y comenzó a abrirlo lentamente. Una nube de vapor inundó el aire. La presentación era artesanal. El aroma era irresistible. El sabor, incomparable. Miguel le dio un mordisco y sonrió en clara señal de aprobación. Myrna sonrió. Ruby sonrió. Lupita, su bella esposa, lanzó una leve risa nerviosa, aliviada. JC abrió sus brazos, invitándoles. Un rayo de luz se coló a sus espaldas creando un halo alrededor de su cuerpo. amanecía en la ciudad. Miguel se guardó un bollo en su camisa y decidió llevar a JC a trabajar con él. Era una boca más para mantener y quería asegurarse que él se ganara los elementos con los que horneó el pan de ese día. Ruby guardó una hogaza en su mochila, lista para ir a colegio. Sus faldas eran extremadamente corta y Miguel intentó bajarlas, pero ella huyó a tiempo y se subió a la camioneta. Durante el recorrido, JC, Ruby y Miguel permanecieron en silencio, hasta que el forastero lo rompió a unos metros del colegio.

"¿Por qué este lugar se llama Florida?"

"Este lugar se llama Florida... bueno... este lugar se llama Muddy Corner, el estado se llama Florida..."

"¿Por qué este estado se llama Florida?"

Miguel balbuceó.

"Este estado se llama Florida porque... bueno... se llama...," Miguel desaceleró el vehículo y buscó ayuda en su hija. Ella se hizo de hombros "Pero... ¿Para qué vas al colegio?" dijo deteniéndose. Ella descendió y se mezcló con otros estudiantes marchando hacia el edificio académico. Miguel la vio alejarse, tan pequeña y tan crecida. Su paso prepotente hacía que su pollera oscilara descubriendo el bajo de sus nalgas. "¡Dios! ¿Es que está condenada niña no usa ropa interior?" pensó el consternado padre.

"Este estado se llama Florida, JC, y no creas lo que dicen los libros... porque los primeros en llegar aquí fuimos los mexicanos. No los vikingos, no Colón, ni los marcianos. ¡Fuimos los mexicanos! Y el primero fue un general mexicano que llamó este estado Florida en honor a su amada esposa, Florida Torres de Ballestero," sentenció Miguel "Algún día te contaré la historia completa del valiente General y doña Florida"

Miguel direccionó su viejo transportes hacía el norte. Una hora después estarían en Oakland, frente a una enorme plantación de naranjas.

"¿Ves esos camiones? Ellos pasaran en cada treinta minutos para vaciar los contenedores y los cargan a través de la tolva con una grúa. Manos a la obra" explicó y ordenó Miguel.

Miguel comenzó a llenar su bolsa de naranjas y cuando la atiborró, la vertió en el contenedor. Tras él, JC esperaba su momento con solo una naranja en mano. Miguel no comprendió. JC depositó su naranja recién recolectada y sonrió.

"¿Qué mierda haces, Jesucristo? Si pones una naranja cada diez minutos, nunca terminaremos. ¿Qué crees que se puede hacer con una naranja? ¡Ni alcanzaría para alimentar a un bebé!"

JC tomó nuevamente su cítrico y lo despellejó. Partió la naranja en cuatro rodajas. Una para Miguel, otra para él, una tercera para un viejo que lo miraba extrañado y la última para un supervisor, un rubio llamado Pat Norman, que se tomaba la cabeza. JC asintió. Al fin y al cabo, había multiplicado la fruta.

Miguel respiró tratando de encontrar paciencia.

"Colócate esta bolsa, cruzada sobre tus hombros. Una vez que esté llena, la vacías en este contenedor grande. ¿Comprendes?"

JC asintió y comenzó a elegir las naranjas más brillantes, las de mejor forma y las cortó del árbol con un pequeño alicate guardándolas en su bolsa. Una naranja de cada árbol, caminado, lo llevó a alejarse. Comía algunas, guardaba otras.

Hasta que el suelo vibró y JC observó a un gran grupo de trabajadores corriendo para todas partes, alborotados, asustados, desesperados. Algunos, atrapados por el pánico, corrían en círculos. Miguel pasó frente a él, gritando desaforadamente.

"¡JC, la Migra... la Migra!"

JC permaneció inmóvil, pero detectó a sus espaldas a efectivos de Inmigración y Control de Aduanas apresando a aquellos que no eran lo suficientemente rápidos.

"La Migra, JC, ¡la Migra!" repitió Miguel. Al ver que JC no se inmutaba, Miguel volvió sobre sus pasos, jalándolo de un brazo "¡Son los de ICE, tenemos que largarnos de aquí! ¡Corre, hombre, corre!"

JC trató de calmarlo y puso la mano sobre su frente. Prontamente, James B. Oliver, un agente de inmigración de seis años de experiencia, estuvo frente a ellos.

“No hagan esto más difícil de lo que es” dijo extrayendo sunchos de plástico para esposarlos.

Miguel, resignado, extendió sus manos.

“¿Por qué tanta violencia, hermano? ¿Por qué tanto odio? Esta gente son tu sangre y se ganan la vida con el sudor de su frente y yo te ordeno a que los dejes en paz. Llévate tus negocios a otra parte” ordenó JC, con firmeza y estridente voz.

El oficial Oliver bajó su cabeza. Parecía estremecido. Miguel miró por sobre los hombros de JC. La escena era conmovedora. JC tocó la frente del oficial. Este le tomó las muñecas.

4

Santa Claus estaba contento y se mostraba paciente. Parecía que tenía mucho tiempo en sus manos, en fin, recién eran los primeros días de junio. Tenía los dedos entrelazados y miraba de manera amigable a Dylan Dumbar, sentado al otro lado del escritorio. Tras el hombre de barbas blancas, pequeños espejuelos y prominente estómago contenido por un traje rojo, todos los integrantes de la redacción apenas podían contener la risa, excepto Molly. Ella parecía preocupada, como si pensara que el visitante tuviera una bomba tras su disfraz. Los demás hacían gestos burlones. Entre ellos Joe Galluccio, uno de los más veteranos redactores de sucesos paranormales y a sus sesenta y nueve años, jamás había visto uno. Cuando Galluccio tenía doce años, avistó un fenómeno un domingo claro y sin viento. Estaba en el granero ayudando a su padre a trabajar la madera de una futura repisa mientras su madre se dedicaba a recolectar frutos de su huerto. Ella gritó, y casi se desmayó, su esposo corrió escaleras abajo arrastrando al entonces pequeño Joe. Vio un disco gris estacionado en silencio sobre la catedral gótica de la ciudad. El hermano mayor del niño lo observó desde un terreno más alto a través de unas ramas del árbol que había escalado. El padre de Joe Galluccio estaba seguro de que los niños y su esposa habían visto un prototipo militar, una explicación que su hijo en principio rechazó. El evento continuó discutiéndose por meses, y su padre, pacientemente, seguía ofreciendo descripciones de globos meteorológicos, luces, helicópteros a la distancia y otros factores. Ya un joven Galluccio, universitario, se dedicó a ser miembro de cada club de hechos paranormales que descubría en la ciudad. Cientos de reuniones con gente que habían afirmado haber visto algo similar tiempo atrás, pero sin pruebas. Su entusiasmo por encontrar algo fuera de lo usual se desmoronó cuando un profesor le ofreció la más amplia gama de explicaciones naturales para su visión. Desde entonces, el experimentado periodista, había derribado todas y cada una de las pretensiones de todos y cada uno de los visitantes que trataban de exponer hechos mágicos. Pero, claro, Galluccio nunca había visto a Santa Claus.

"Santa," dijo Galluccio "¿No cree necesario bajar y poner más monedas en el parquímetro? No sea que el camión municipal le remolque el trineo..."

Dumbar trató de desviar el sonido de las risas.

"Entonces, ¿Usted es Santa Claus?"

El hombre de rojo asintió.

"¿Y reparte juguetes en nochebuena?"

Al Harrison no pudo contenerse y dejó en claro que era un jefe estricto y periodista sagaz.

"Hay dos mil millones de niños en este loco planeta... ¿Cómo hace para repartir juguetes a todos ellos en solo una noche?"

“Tengo ayuda”

“¿El servicio postal? ¿Amazon?” dijo Harrison. Todos rieron, excepto Molly, ahora sospechando que se trataba de una ametralladora automática. No te rías, no te burles, permanece tranquila, se dijo a sí misma. Será la única forma de salvar la vida cuando este loco exteriorice su ira.

“¿Usted donde vive...?” pregunto Ron Walls, que escribía cada día solo doce pronósticos astrológicos para miles de millones de personas.

“Polo Norte”

“Santa... ¿Podríamos tomar algunas fotos? Usted junto a los renos...” dijo Warren Wattford, encargado de ese departamento.

“No va a poder ser posible”

“¿Razones?”

“Están de vacaciones”

“¿Los renos?” preguntó Dumbar.

“Sí...”

“¿Los renos están de vacaciones?”

“Exacto” confirmó Santa.

Harrison, que se estaba marchando, volvió sobre sus pasos.

"¿Los putos renos están de vacaciones? Trabajan una noche al año y tienen vacaciones. ¡Tengo que conseguirme un trabajo así!"

Entrecerrando los ojos, Santa se agachó directamente frente a Dumbar, acercándose poco a poco hasta que su espalda se presionó contra el respaldo de la silla. A pulgadas de su nariz, inhaló cada una de sus respiraciones temblorosas, saboreando la confusión del periodista que latía mientras sus ojos se oscurecían con incomodidad. Necesitaba escapar, apartarse del aliento del loco de traje rojo.

"Se que es extraño," dijo Santa Claus "Se que es difícil de creer. Solo hay que tener la mente dispuesta"

5

Las celdas eran pequeñas y hacía calor. Sentado junto a JC, Miguel dudaba entre acogotarlo o estrellarle la cabeza contra la pared, pero seguramente eso complicaría su situación judicial. Bien... ¿Por qué no? Después de todo, su vida estaba arruinada. Vaya a saber que trabajo podría conseguir si lo deportaban. ¡Ni parientes tenía ya en Chihuahua! Solo recordaba a una vieja tía en

Tapachula, pero ni siquiera sabía si estaba con vida.

Dispuesto a asesinarlo, fue detenido por el ruido de la puerta de la celda que se abría.

"No firmaron nada, ¿verdad? No abandono del país de manera voluntaria, ni nada, ¿correcto?" dijo John Philip Sosa, notario público, agente inmobiliario, proveedor de materiales de oficina, vendedor de lotería, promotor de boxeo, comerciante de autos usados, corredor independiente de operaciones bursátiles, y -en sus tiempos libres- abogado.

Miguel se apresuró a negarlo. Sosa continuó: "Myrna se está ocupando de pagar la fianza. También se encargó de llevar la camioneta a su casa. El juez nos dará una audiencia. ¡No fallen! ¡No falten a la audiencia ante el magistrado de migraciones! Es muy importante.

Una hora después, Miguel y JC caminaron parcialmente libres del Centro de procesamiento de indocumentados de Polk County y se unieron a Myrna, quien los aguardaba sentada sobre el capó de la camioneta, rodeada de agentes de ICE, quienes pretendían hacer muchas cosas, excepto expulsarla del país.

"¿Cómo puede ser que, a ti, que eres tan ilegal como yo, nadie te pida documentos? ¿Cómo puede ser que no te piden que les muestres algo?" se quejó Miguel González, mirando a la muchacha, que manejaba sin detenerse en las esquinas.

"¡Oh, sí que me piden... y oh, sí que les muestro!" dijo ella riendo.

JC preguntó la razón por la cual habían sido encarcelados y Miguel ensayó un par de posibles respuestas. Cedió la responsabilidad a Myrna, quien dio una lección de geografía bastante complicada.

"¿No puedo entrar libremente a otras ciudades?" insistió JC.

"Países, países, no ciudades." dijo Miguel "No lo entenderías. Alguna vez te explicaré más ampliamente"

Al llegar, casi todos los ciudadanos de Muddy Corner aguardaban en las aceras lindantes de su casa. "¡Si, se puede! ¡Si, se puede!" gritaban triunfales. Miguel, a su manera, había derrotado a La Migra, al menos por un tiempo. Comenzó a chocar manos con ellos, mientras el aliento no se detenía hasta que JC caminó hacia la casa. Los bramidos se convirtieron en un helado silencio. Muchos hicieron la señal de la cruz. Otros se apartaron para que transitara sin problemas. Una anciana le tomó la mano y se la besó. Cuando ingresaron, Lupita le dio un beso. Había llorado, y había llorado tanto que había descuidado su maquillaje.

"¿Qué es todo este alboroto?" dijo Miguel, señalando a la multitud.

Ella acarició su rostro. Lo miró a los ojos y dijo suavemente: "Miguel, tenemos que hablar..."

Cuando llegaron al comedor el mentón de Miguel cayó al suelo. La pecera desbordaba de peces. Algunos comenzaban a saltar fuera de ella.

Miguel González pasó toda la noche leyendo el Nuevo Testamento, aunque debía trabajar a la mañana siguiente. Lupita, cada vez que despertaba ordenándole que apagara la lampara de luz, lo encontraba luciendo una sonrisa maliciosa.

Cuando todos se unieron en el comedor a punto de tomar el desayuno, Miguel hizo su entrada triunfal.

"Vamos a abrir un negocio que nos hará millonarios," anunció el jefe de familia posando su brazo sobre los hombros de JC "Fabricaremos pan casero y JC, mi socio, los multiplicará..."

De pronto, notó que su hija aún estaba semi vestida, unas pantaletas y una sudadera corta que usaba para dormir. Miguel tomó su chaqueta y la envolvió en ella.

"¡Por cierto, quiero saber quién le pone ideas raras en la cabeza a esta niña! Ayer asistió al colegio sin bragas"

"¡Eso no es cierto!" bramó Ruby.

"¡Si que es cierto!," dijo el, reclamándole a su esposa "Se le veía el... tu ya sabes..."

"Eso no es cierto... ¡Mamá! ¡Fíjate lo que dice papá!"

"No la atormentes. Te habrá parecido... son ideas tuyas..."

"¿Me habrá parecido? ¿Me habrá parecido? Te he visto cuando caminabas meneando las caderas... JC, tu dile... ¡dile! ¿Se le veía el culo o no?" Miguel buscó ayuda en el pelilargo.

"Yo debo ser adoptada" dijo Ruby.

“¡Ja! ¡Que graciosa! ¿Y crees que si te hubiéramos adoptado te hubiéramos elegido a ti?”

“¡Mamá!”

“¿Dónde están los peces?” preguntó Miguel a su esposa.

“Los regalé a los vecinos. ¡Tendrán pescado hasta para las pascuas! ¡Y para las pascuas luego de estas pascuas!”

“¿Qué son las pascuas?” preguntó JC.

“¿Qué?” estalló Miguel “¿Regalaste los pescados?”

“¿Qué crees que íbamos a hacer con todos esos peces? ¿Guardarlos en la bañera?”

“Pascua es cuando tu... quiero decir... cuando Jesusc... cuando el hijo de Dios resucitó”?

“¿Qué?” chilló Miguel una vez más.

“¿Tu querías tener a los pescados en el baño?” inquirió Lupita.

“¿Puedo ir a la fiesta de mi escuela mañana a la noche?” preguntó Ruby, quitándose la chaqueta.

"¡Si!" le gritó Miguel a su esposa.

"¿Sí? Gracias, papá" exclamó Ruby.

"No importa. No importa. Para todo problema hay una solución," dijo Miguel pensando "¡Ya lo tengo! ¡Lo Tengo! Regalamos los malditos pescados como estrategia de mercadotecnia. De ahora en más, los vendemos. Hagan correr el rumor. Es pescadería y panadería.

Miguel buscó a JC con la mirada y lo encontró con las manos. Le rodeó los hombros.

"Tú estás loco," afirmó Lupita "¿Sin permisos?"

"JC puede multiplicar peces y panes. Él lo puede hacer sin problemas ¿Cómo multiplicas los peces? ¿Les das vitaminas? ¿Testosterona? ¿Jengibre y canela? ¿Viagra? Mi abuelo engordaba los pollos con almidón"

"¡Papá ya me dio permiso!" reclamó Ruby.

"No voy a pedir permisos, cuando pides permisos te empiezan a limitar a ti mismo... está comprobado científicamente"

"¡Bien dicho, papá!"

“Ponte el abrigo... no me hagas repetir las cosas...”

“Ponte el abrigo. Hazle caso a tu padre, Ruby” ordenó Lupita.

A regañadientes, la joven acató el mandato.

“¿JC...?”

Miguel miró a sus costados. Hacia el baño. Bajo la mesa. Tras el sillón. Hacia el techo.

“¿JC...?”

Buscaron en la pieza y el lavadero. Ruby descorrió las cortinas del espacio donde dormía.

“¿JC...?”

JC había abandonado la morada. Todos corrieron a la vereda. Ruby los persiguió arreglándose su cabello.

“¿JC...?”

En la acera de la casa, JC era víctima de su reciente popularidad. Se sacaba fotos con hombres y mujeres, con matrimonios y adolescentes del lugar. Imitaba a estos últimos en las poses. La “V” de la victoria con una mano, cuernos con la otra, o sacaba la lengua al mejor estilo de una estrella de rock & roll.

Miguel lo tomó del brazo abruptamente e hizo girar su dedo alrededor de su mente, dando a entender que JC estaba loco. Pero la locura continuaba dentro de su casa.

"Miguel... querido... tenemos que hablar" señaló Lupita.

"No, no, no, no... cada vez que hablamos sucede algo catastrófico...," se quejó Miguel "Y tú, Lady Godiva, no andes en ropa interior por todos lados..."

"¡Es un pijama, Papá! ¡Mamá, por favor, dile...! ¡Este hombre no entiende que es un pijama!"

"Es un pijama, Miguel..." confirmó Lupita.

"Este hombre... este hombre es tu padre" dijo Miguel elevando el tono de su voz "Y mientras estes bajo mi techo harás lo que te ordeno!" Se volvió hacia JC "A propósito del techo..."

"¿Qué hace toda esa gente afuera?" preguntó Myrna, quien había ingresado acarreando media docena de paquetes sin que nadie se hubiere percatado "¡Ojalá tuviéramos tanta gente en el club nocturno cada día, cada noche...!"

"Miguel, tenemos que hablar..." insistió Lupita.

"Hablar, hablar, hablar... ¿Desde cuándo algo bueno sale de hablar..."

"Se llama comunicación, Miguel"

"¿Comunicación? ¡Comunicación suena peor todavía! ¿Cuándo algo bueno salió de entablar una comunicación?"

"¿Comunicación? Pues hablando de comunicación, el abogado me dijo que tienes que llamarlo mañana para que te diga cuando será tu audiencia con el juez..." dijo Myrna.

"Tía Myrna... ¿tienes unos de esos vestidos que usas en tu trabajo para prestarme? Tengo que ir a una fiesta..." consultó Ruby.

"¿Fiesta? ¿Qué fiesta?" estalló Miguel "¡Aquí nadie va a ninguna fiesta! ¡Estamos en proceso de abrir un emporio de pescadería y panadería, y vamos a necesitar cuanta ayuda sea posible!"

Myrna guiñó un ojo y asintió. Su sobrina entendió el mensaje. Abrió la galería de fotografías de su celular y comenzó a mostrar osados vestidos por ella usados en cada acto de estriptis. JC miró por sobre sus hombros y se asombró a pesar de que no sabía y no comprendía lo que estaba presenciando. Ruby se enamoró de uno de los atuendos y lo marcó con su meñique.

"¿Dónde es la fiesta? Espero que no sea en tu escuela... no creo que te dejen entrar con este vestido a la escuela..." observó Myrna.

"Miguel... tenemos que hablar..."

6

Dylan Dumbar no fue a trabajar esa mañana. Vio sus ojos en el espejo de la sala. No le gustó ver a ese sujeto quién le devolvía la mirada. Demasiado seco. Demasiado áspero. Era el hombre del espejo, no él. Tal vez era él envejeciendo. En algún lugar a lo largo de su historia había perdido de vista quién era. De dónde era. Lo que había pasado. Y lo que no había pasado. No era que hubiera dejado de importarle. Se reprochaba no haberlo advertido antes.

Dylan Dumbar no fue a trabajar esa tarde. Bebió varias tazas de café y compitió contra sí mismo en una batalla contra el tiempo, esperando que el día no terminara y la rutina del próximo día lo atrapara absorbiéndolo en un carrusel eterno.

Dylan Dumbar no pensaba trabajar en su departamento esa noche. Y si lo hubiera considerado, sus planes se hubieran vistos truncos. A las 7:00 PM Molly golpeó sus puertas. Timorata tras sus gafas, oculta tras sus ropas demasiado antiguas para una veinteañera, tardó unos cuantos segundos en emitir una palabra.

"El señor Harrison… todos… yo… estábamos preocupados… el señor Harrison me pidió que te llamara, y lo hice varias veces… pero sin respuestas, por eso… aquí estoy… quería saber…"

Dumbar abrió la puerta de par en par y divisó que portaba dos paquetes.

"Sopa," dijo ella "Pensé que estabas enfermo"

El la invitó a pasar.

¡Qué demonios! Pensó Dumbar. Le arrebató los alimentos, los dejó sobre una silla y se abalanzó sobre ella. La abrazó y besó pasionalmente, y... todo cambió. Molly cobró la forma de un tornado descontrolado, trepándose a él y rodeando su cintura con sus piernas. Soltó sus cabellos y arrojó sus lentes sobre la alfombra. Comenzó a pasar su lengua por todo su rostro y a revolver sus pelos con ambas manos. Sin que Dumbar entendiera como, mientras la chica se refregaba contra él, comenzó a quitarse la ropa. Sus dedos trabajaron en su entrepierna, y sus ojos rodaron hacia atrás en su cabeza. Molly comenzó a moverse a un ritmo constante mientras su lengua parpadeaba sobre sus dientes, y él no pudo evitar que sus caderas se elevaran para encontrarse con sus embestidas.

"Entiendo que buscas historias de otro calibre, pero si consigues notas sensacionalistas que puedan reinventarte, tal vez puedas subir a otro nivel. Estoy dispuesta a ayudarte"

De pronto ella trepó aún más hasta sentarse en sus hombros casi asfixiando su rostro con su vagina. Dumbar cayó al piso dispuesto a pedir socorro. Algo muy extraño estaba sucediendo. ¿Cómo puede ser que esa jovencita diminuta y retraída se convirtiera en semejante volcán indómito? Se dijo a sí mismo y a la vez rogaba para que el torbellino se extinguiera. Ella no pudo, de alguna manera, encontró sus manos enredadas en su pene y sin respiró lo hizo desaparecer dentro su cuerpo, y mientras todo sucedía con violencia, Molly no paraba de hablar.

"Tengo muchas ideas... cosas que podrían ayudarte, Dylan. Estoy en contacto con un grupo de cazadores de fantasmas..."

Su cuerpo estaba atrapado con más fuerza, Dylan trataba de arrastrase para poner distancia, pero la chica se movía con él, desde la puerta de entrada a la cocina, desde la cocina a la pieza, desde la pieza a las ventanas del balcón.

En poco tiempo, la excursión alrededor de la casa sería completa.

"En Chicago, un conjunto de mujeres afirma que pueden hacer levitar a una persona..."

Dylan se ayudó asiendo el picaporte de una puerta. Se sentó y le sonrió, con reales lágrimas en sus ojos rojos, dejándole saber que se rendía, pidiendo clemencia, pero Molly no estaba en ese momento como para percatarse de sensibilidades y no tomaba prisioneros. Continuó saltando sobre él, enfundando y desenfundando su hombría.

"Y dos amigas mías, aquí, en North Miami, son médiums y hablan con los muertos... es sorprendente que puedan... una vez se comunicaron con mi abuela y ella era la única que sabía de una vez que le birlé veinte dólares de la billetera. Realmente hablan con los muertos..."

Pronto hablarían con él entonces. Luego de diez minutos de intentos de escapismo, Dylan decidió aguardar el fin del acto sexual o el fin de sus días. Cualquier cosa que llegara primero.

"También este hombre de Milwaukee, quien puede adivinar los números de dos juegos de naipes juntos sin fallar..."

Ella, abruptamente, se hizo hacia atrás, convulsionándose. Finalmente se dejó caer de espaldas sobre la alfombra. Rebotó y estuvo de pie en milésimas de segundos. Terminó. Todos sus labios habían sido satisfechos y estaban cerrados. Pero se comportó como una verdadera dama. Le extendió su mano y le ayudó a reincorporarse, algo que apenas Dylan pudo hacer.

La sopa estaba fría y Dylan, congelado.

7

Miguel no llamó a su abogado al día siguiente. Deambuló toda la mañana por Orlando en busca de un envase practico para poner los pescados, empaquetarlos al vacío y con una buena presentación. Compró cinco mil unidades.

Deambuló toda la tarde por Kissimmee hasta que halló un pequeño y oscuro local donde fabricaban bolsas de papel. El dueño, un diminuto hombre canoso cercano a los setenta cuyo nombre era Gene Kuplik, le prometió buena calidad y bajo precio. Compró cinco mil unidades. A las tres de la tarde, Miguel hizo una nueva entrada triunfal en su hogar.

"Este es el comienzo del resto de nuestras vidas. Es el día en el cual Miguel González Alimentos ha nacido. Es el futuro de nuestra familia y de la familia de nuestra hija." Dijo y miró a su alrededor "¿Dónde está JC?"

Myrna sentada, leyendo una revista de estilos de cortes de cabello. JC, a su lado, observando a las personas que entraban y salían de los apartados de esa inmensa oficina. Cuando anunciaron el turno 257, Myrna observó que concordaba con su talón de papel y le dispensó una seña a su acompañante, dirigiéndose a una de las ventanillas de atención al público. Ella hubiera deseado a un empleado masculino. Tu no siempre puedes obtener lo que quieres... Tres de ellas estaban abiertas y las tres eran supervisadas por un hombre regordete, con lentes bifocales, corbata desajustada, camisa que no podía contener su prominente estómago y que imponía extremo respeto y bastante miedo. Si, señor Lazarus. Como no, señor Lazarus. Por supuesto, señor Lazarus.

“Déjame hablar a mi...” dijo ella.

“¿Doscientos cincuenta y siete?” preguntó la empleada. Myrna le entregó el boleto.

“Mi amigo necesita obtener su número de seguro social...”

“Si lo extravió puede solicitar una copia a través de nuestro sitio de internet” informó la empleada.

“Nunca tuvo uno...”

“Si es extranjero, voy a necesitar su tarjeta de residencia”

“No es extranjero...”

“Licencia de conducir...”

Myrna negó con su cabeza.

“Certificado de nacimiento...?”

Negativo.

¿Donde nació?

Myrna se encontró sin palabras. No estaba esa pregunta en su argumento. Miró a JC.

“Belén” dijo el hombre.

"¿Belén, New México?," dijo la empleada entregándoles un panfleto y sugirió: "Entonces supongo deberá ir a New México y conseguir el certificado allí... lo puede hacer online también..."

"Entonces... gracias por nada" vomitó Myrna dejando a la empleada con los pómulos rojos de rabia.

Frustrada, Myrna tomó la mano a JC arrastrándolo hacia la salida cuando otra empleada lanzó un grito, aterrorizada.

"¡Señor Lazarus!," exclamó corriendo hacia el hombre regordete que yacía revolcándose sobre su cuerpo en el piso, cambiando los colores de su tez de blanco a amarillo, de amarillo a morado, de morado a azul, hasta que, finalmente, dejó de hacerlo "¡Dios mío, está muerto! ¿Dios mío, está muerto? ¡Dios mío, está muerto?!"

Los presentes armaron un círculo a su alrededor del hombre. Dos de ellos comenzaron a filmarlo con sus teléfonos celulares. Myrna se llevó sus manos a la boca y observó atónita y curiosa como JC caminaba hacia Lazarus.

"¿Cómo se llama?"

“Lazarus,” dijo un tercer empleado “Es el señor Mitch Lazarus”

JC se arrodilló junto a él y puso su mano sobre su frente, aun tibia, pero sin latidos.

“Lazarus... tal vez tu tiempo en este mundo ha terminado, pero estarás en paz. Estarás con mi Padre y con tu padre. Pero tal vez en este momento puedas levantarte y caminar,” dijo con un tono calmo, suave, contenida, una voz amigable y reconfortante. Elevó sus ojos al cielorraso y ahora lanzó un vozarrón parecido a un tornado azotando a la ciudad “¡Lazarus, levántate y anda! ¡Lazarus, levántate y anda! ¡Yo te lo ordeno! ¡Lazarus... levántate y anda!”

El hombre no se movió. El silencio solo se interrumpía por lejanos sollozos y susurros molestos. Algún perdido grito exagerado de quien nunca hace nada más que aterrorizarse de los resultados. JC cerró sus ojos. Respiró profundo. Dijo unas palabras inaudibles y bajó la cabeza, realmente sentido, resignado.

JC retiró su mano y se apoyó en el estómago del señor Lazarus para incorporarse cuando esa presión logró que el hombre abriera su boca emitiendo un sonido gutural y expulsando un caramelo de fresa que voló por los aires libre y sin control, aterrizando dentro de una maceta sin emitir un solo ruido.

El señor Lazarus inhaló con dificultad y exhaló con dolor y tosiendo. Emitía gruñidos con eco, tratando de acomodar su sistema respiratorio

Algunas mujeres le secaron la transpiración con pañuelos de papel. Algunas personas resoplaron aliviados. Algunos hombres le ayudaron a incorporarse.

"¡Es un milagro!"

Sentados juntos lado a lado en un sillón, Myrna relató lo sucedido y producido por JC. Frente a ellos Miguel pedía explicaciones y había oído y no escuchado una sola palabra de las que Myrna había dicho. Lupita sí. Lupita había estado alerta y pendiente durante todo el relato. En realidad, Lupita siempre había estado alerta a todo tipo de conversaciones, hasta la de los vecinos. En esta, sin embargo, sus oídos se redireccionaban buscando los sonidos que salían de la boca de Myrna y cambiaban de punto cardinal cuando su esposo bufaba enfurecido.

“Te he estado diciendo… te lo he repetido mil veces,” dijo Lupita “Te he insistido todos estos días, Miguel. Tenemos que hablar, tenemos que hablar, tenemos que hablar…”

“¿Hablar de qué?,” estalló Miguel “¡Estamos en medio de una crisis, mujer! La pescadería, la panadería, este techo que no se arregla solo, tu hija que está concentrada en arruinar mi vida y ella… ella…,” amplió señalando a Myrna “Ella, que Dios sabe lo que hace con su vida y lo que quiere hacer con la vida de mi socio… pero no lo conseguirás, Myrna. No lo conseguirás”

“¿Tu socio?” preguntó Lupita.

“Si”

“Jesucristo”

“Si. Jesucristo”

Ella asintió. El la miró con curiosidad. ¿Qué ocultaba ahora esa mujer? Pensó con curiosidad. Estaban frente a frente y Lupita, moviendo la cabeza hacia la izquierda, lo obligó a mover su rostro hacia su derecha. Una brisa suave ingresó por un agujero del plástico que cubría el techo y con ella, un rayo de sol que impactó el contorno de JC. Él era, sin dudas, diferente de todos los demás. Era bello, quizás no en el sentido convencional, pero tenía esa apariencia que hacía volver las miradas de las mujeres y de los hombres también. Era rubio o casi rubio, pálido pero una rosada palidez que se tornaba cielo. Sus insondables ojos negros, francos pero tristes penetraban en la piel de los demás. Sus ojos eran profundos y expresivos, como caminos donde las personas podrían perderse ante la mínima distracción. Su rostro oliva tenía muchas batallas lejanas en cada arruga, en cada herida. Su sonrisa, que no era tal, sino una mueca de agradecimiento o aprensión desapareció por segundos. A menudo, se podía permitir mostrarse frágil con un atisbo de dolor en su frente brillante. Sin embargo, lo que se observaba principalmente era su forma de comportarse. No hablaba demasiado, pero decía mucho. El planeta siguió rotando y el sol se escondió hacia el oriente. Su rostro volvió a ser pálido.

PARTE 2

8

Dylan Dumbar volvió a mirar el video en el teléfono celular de Molly buscando errores, efectos y explicaciones. En la grabación, el hombre yacía en el piso de una oficina. Un hombre de barba y cabellos largos se aproximaba arrodillándose junto a él. Ponía la mano en su frente y segundos después abría la boca y se levantaba. Dumbar miró a Molly buscando más información. La presionó con sus ojos. Insistió con el poder de su mirada y la joven, quien en el área de trabajo no era una bestia sexual, claudicó sin reservas.

"Mi amiga dice que el hombre estaba muerto... que había dejado de respirar por más de cinco minutos" dijo ella.

"Donde sucedió esto?"

"Orlando"

"Y esta filmación...?"

"Ella trabaja en ese edificio. Estas imágenes fueron tomadas por las cámaras de seguridad"

"¿Y este hombre...?"

"Misterio...," y luego de unos segundos, susurrando adhirió: "Es Jesucristo..."

El hizo una mueca de burla, pero notó que ella permanecía con un semblante serio, convencida, asintiendo con su boca abierta de asombro, sosteniendo inquebrantablemente su hipótesis.

"¿Tú quieres decir... el hijo de Dios, ese Jesucristo?

Ella, respetuosa, un tanto asustada, movió su cabeza afirmativamente mas veces de lo normal.

Dumbar volvió a examinar el video. JC, de espaldas, bloqueaba mucho la visión.

"¿Esto ha aparecido en redes sociales, Molly?" preguntó parcialmente interesado.

Ella le comentó que no había sucedido ya que su amiga podría perder su puesto de trabajo, pero que algunas personas que fueron testigos de la escena habían puesto sus filmaciones en Internet, pero eran de mala calidad, con movimientos lógicos de la desesperación y difusas por la falta de luz en el lugar. De todas formas, pocos creen lo que se dice en el mundo cibernético. Pero Molly tenía un par de ases en su manga y eran que su amiga estaba dispuesta a hablar con él, someterse a un reportaje y, además, tenía la dirección de la acompañante de El Mesías. Una vez más observó el extraño video con intermitencias, vigilando a Harrison y la posibilidad de tentarlo para ser seleccionado y cubrir esa nota. Dumbar, un escéptico, estaba tras la idea de abordar el artículo desde el punto de vista de una persona realmente enferma que pretende ser un elegido y la locura colectiva que cree cualquier locura que se apodera de la transición de un rumor a otro mayor. Seguramente, Al Harrison preferiría e impondría un paisaje menos científico, menos realista, pero de venta segura: El segundo advenimiento de Cristo en exclusiva.

Tomó una taza de café para Harrison e irrumpió en su oficina con una potencia y una energía que no sentía desde hacía mucho tiempo.

"Al... Al... es sobre una nota, es algo que quiero hacer y si tengo que pagar los gastos de mi bolsillo..."

"¿Has terminado por fin la nota sobre...?" interrumpió Harrison.

"La terminaré esta noche. Solo me falta pulirla... pero necesito..."

"No es una obra del puto Shakespeare ¿Sabes, Dylan? ¡Termínala de una vez!"

"Okay. Con respecto a esta nota, Al. Quiero hacerla. Es en Orlando, se trata de un hombre que cree que es Jesucristo y..."

"Bla, bla, bla, bla...," volvió a interrumpir Harrison chasqueando sus dedos con intensidad. Prontamente, Molly estuvo junto a ellos "Lo se todo, Dylan," dijo señalando a la joven "Te llevaras a Molly para que haga sus primeras experiencias como redactora. Molly consiguió la información y merece crédito. Molly, ya estás informada, ve a tu casa y prepara una muda de ropa"

Harrison le indicó que podía irse y Molly así lo hizo.

Harrison tomó a Dumbar por los hombros y lo llevó hacia una ventana que mostraba el panorama de un sombrío patio abandonado.

"Te lo diré como jefe: No me gustan las historias románticas entre empleados. Es complicado, si hay disputas cualquiera puede decir que el jefe, o sea yo, favorece o desfavorece a una parte u a otra.

"Te lo diré como amigo: Eres veinte años mayor que ella," dijo Harrison fallando por ocho años "Ella tiene emociones y costumbres que no coinciden con las tuyas.

"Te lo diré como ser humano: Molly es mi sobrina. Es una chica criada a la antigua, con modales y comportamientos formales. Es virgen y recatada. Si intentas algo con ella, tus testículos corren el riesgo de enfrentarse con mis tijeras"

Dumbar asintió con lentitud y sonriendo, Harrison le dio una cariñosa palmada en la mejilla.

Salió de la oficina de su jefe y recibió un guiño de Molly. Y un coro de My Sweet Lord cantado por los otros miembros de la redacción.

Harrison tomó una navaja y surcó una marca en el marco de la ventana. Era el sujeto número 353 que clamaba ser el Mesías, desde que había empezado a trabajar en la editorial.

9

Miguel no confiaba en sus oídos pese a que su esposa Lupita le había repetido varias veces que se encontraban en presencia de Jesucristo. Jesucristo en una nueva misión en la tierra para salvar o al menos mejorar el destino de la humanidad. Jesucristo encaminado a hacer el bien y por una extraña razón ellos habían sido elegidos para ayudarle. Miguel, que no tenía tiempo para caridad, se preguntaba si no había sido enviado para recibir y no dar, como siempre, auxilio. Se paró frente a toda su familia. Lupita, Myrna,

Ruby y el adoptado, arrojando una catarata de preguntas sobre su bienestar y porque no lo obtenía.

"Vendrá la claridad luego de la guerra" dijo JC, sosteniéndole la mirada.

Miguel permaneció en silencio tratando de encontrar las palabras exactas. Luego de varios vanos intentos, comenzó a tartamudear perdido por la tensión. Finalmente, logró poner juntas las palabras en una frase.

"Vendrá la claridad luego de la guerra!," exclamó enojado "Que rayos quiere decir vendrá la claridad luego de la guerra? Nunca entiendo lo que dice"

Luego se volvió hacia el hombre.

"Escucha, JC. Están a punto de deportarme, no tengo dinero. Estoy tratando de abrir un negocio para alimentar a mi familia, no tengo tiempo para ayudar a nadie. Dime: ¿Puedes hornear pan y cultivar peces para vender, o no?"

"Puede multiplicar..." acotó Lupita.

"Es solo semántica, mujer. JC, ¿Puedes o no? El tiempo corre..." dijo Miguel, interrumpiéndose. JC no estaba allí, pero los murmullos que venían de la calle lo obligaron a salir. Allí vio a JC extrayendo peces de un fuentón y entregándolos a los vecinos que agradecían con una respetuosa bajada de cabeza. Miguel, petrificado, observaba como los peces envueltos en papel de diario pasaban a tener otros dueños, centenares de peces, miles de dólares.

Dos largos días después, Miguel y JC, escoltados por el abogado John Philip Sosa, se encontraban frente a un perturbador juez de inmigraciones.

"No digan una sola palabra... ya está todo arreglado" dijo Sosa con una amplia sonrisa. Miguel González creyó ver el resplandor de un diente de oro.

El juez aclaró su garganta antes de hablar.

"Hoy es 20 de junio, estamos en la corte de inmigraciones del condado de Orange y yo, juez Robert Beckman estoy presidiendo la audiencia para decidir el procedimiento de deportación del señor Miguel Alberto Ignacio Ángel de los Huertos Hidalgo González y del señor... Jesús Cristo... ¿Estoy pronunciando bien...? ¿Sí? Correcto... ambos aquí presentes y representados por el abogado John Philip Sosa... buenos días, señor Sosa..."

“Buenos días, Su Señoría”

“¿Y por el Departamento de Seguridad nacional...?”

Miguel se espantó ante la denominación. Un veinteañero de impecable traje importado se levantó de su silla.

“Casey Brady, Su Señoría...”

“Muy bien... veamos... es el caso 177-951-552, hay un traductor en la sala, señor Sosa ¿sus representados van a necesitar sus servicios?”

“No, Su Señoría. Hablan ambos en perfecto inglés, lo que demuestra un gran honor a los Estados Unidos de América”

“Señor Sosa...” exigió el juez, quitándose sus gafas. Sosa se disculpó.

“Hoy tomaré una decisión sobre sus situaciones en América. Pueden presentar los documentos que tengan y serán revisados tanto por mi como por el representante de Seguridad Nacional, el señor Brady, así como también, los documentos que presente el señor Brady serán examinados por mí y por ustedes, señor González y señor... Cristo, además, por supuesto, de su representante, el señor Sosa. Mi decisión de hoy tendrá una resolución y si no están conformes con la misma pueden hacer una petición en la Junta de Apelaciones ¿Comprenden ambos lo que acabo de informar?

JC y Miguel asintieron.

El juez continuó:

"Si todos están de acuerdo, pasemos a rever rápidamente las alegaciones... Señor González, señor... Cristo... Numero uno: Ustedes no son ciudadanos de los Estados Unidos de América... ¿cómo se declaran?"

"Admitimos tal alegación, Su Señoría" dijo Sosa.

"Numero dos: Ambos fueron aprendidos por ICE mientras trabajan sin permiso para hacerlo en una plantación de Naranjas ¿Cómo se declaran?"

"Admitimos tal alegación, Su Señoría" repitió Sosa.

"Número Tres: En esa plantación, al momento de la detención, ambos fueron incapaces de presentar documentación de una entrada legal, sea por puerto o aeropuerto, al territorio de los Estados Unidos de América" dijo el juez.

"Respetuosamente, negamos absoluta y terminantemente tal alegación, Su Señoría"

"De acuerdo. Número uno y dos, marcados como válidos. Número tres, no"

"Correcto"

"¿Señor Brady, está preparado hoy para demostrar como inveraz este último punto?"

"No, Su Señoría. Simplemente basado en la documentación presentada por el señor Sosa, entiendo que poseían cierta documentación y esta no fue incluida en ningún registro en el momento de la detención"

El juez volvió a quitarse las gafas, sorprendido.

"¿No va a oponerse a este tercer punto, señor Brady?"

"No, Su Señoría"

El juez Beckman se tomó su tiempo.

"Puntos Uno y Dos muestran que ambos son elegibles para deportación, y a ambos le asiste el derecho de elegir que país seleccionarán para tal evento, pero entiendo que usted, señor Sosa, tiene una solicitud pendiente.

“Si, Su Señoría. Solicitamos asilo político basado en la Convención de la Naciones Unidas en cuanto a riesgo personal y una extensión de su estadía en América hasta que el caso finalice”

“Bajo la ley que nos ampara y si el señor Brady no tiene reparos, este jurado se da por satisfecho y...” dijo Beckman hasta que fue interrumpido.

“No entiendo el por que de los muros que separan nuestros cuerpos y nuestros corazones” dijo JC poniéndose de pie y deambulando por la sala.

“¿Qué está haciendo?” se alarmó Sosa. El rostro de Miguel González se alargó desproporcionadamente al piso.

“No entiendo el por qué, no entiendo la razón de los hombres y sus manías de dividir y dividir...”

“Señor... Cristo, veamos... Espero estar pronunciando correctamente su nombre, quiero aconsejarle encarecidamente que siga las instrucciones de su abogado y...” dijo Beckman.

"...y apartarse del mensaje de mi Padre... de su voluntad y de su mensaje, pero se obstinan en desobedecer..."

La mañana siguiente encontró a Miguel y a JC sentados bajo la sombra de un toldo de un bar de tamales en Hinojosa, un árido y casi desierto poblado en el norte de México. JC, deleitado, mordía sin pudor unas sabrosas chimichangas, invitando a Miguel a probarlas. Miguel había perdido el habla.

Después de la última de veintidós llamadas a Estados Unidos, Miguel ya con una barba de días, caminó hacia la pequeña plaza local en busca de vegetación que lo pusiera a resguardo de las brasas del sol, pero encontró a JC subido sobre un tonel de aceite de cocina, disertando sobre algo que no podía escuchar. Alrededor de JC, doce hombres le regalaban toda su atención. Solo asentían hipnotizados. Miguel se cubrió los ojos con sus manos. Ya ni siquiera sentía los embates del astro solar.

Por más que intentara contraer su estómago, el vestido no cerraba sobre el cuerpo de Lupita. Era demasiado apretado, demasiado corto y demasiado escotado, pero momentos desesperantes necesitan más de una solución denigrante. La renta, las cuentas de la energía eléctrica y el agua más los alimentos necesitaban de dinero para ser pagados o adquiridos y Myrna, que en cuanto a recursos se tratara, era la primera opción por consultar. Lupita nunca había imaginado en un trabajo de este tipo. Pero, además, se encontraba en medio de un problema que parecía no tener un desenlace feliz. Mientras su hija subía la cremallera del vestido, uno de sus senos se escapaba por la hendedura. Si Myrna le sostenía sus pechos rebeldes, saltaban los botones del lateral. Finalmente, una banda elástica y unos pocos agujeros salvaron el día. El proyecto dejó a Lupita sin poder sentarse. Si se desplazaba con trancos normales, la falda del vestido se elevaba dejando su vagina al descubierto, si se agachaba, alguien cercano podía perder un ojo si un botón furioso se desprendía del ojal, si se paraba derecha, sus fondillos se exhibían como peras en el supermercado.

Ruby se había ofrecido, había insistido, había rogado ir a trabajar con ellas al club de estriptis con recepciones dispares.

"¡Tienes solo dieciséis años! ¿Estás loca o qué?"

“¿Sabes el dinero que recolectarían esos dieciséis años?”

“Si te escuchara tu padre, le da un ataque al corazón”

“Si tu padre viera los billetes que traerías a casa, danzaría como Nureyev”

10

Molly burló los planes de su tío y adquirió con la tarjeta corporativa una suite Deluxe en vez de dos habitaciones simples en el Dream In Hotel de Kissimmee. Aunque la habitación era amplia, no parecía de lujo. Una cama King con un colchón bastante usado, un sillón, una mesa, dos sillas un TV inteligente y el baño. No había sombras de champagne y frutillas o una canasta de frutas y chocolates. ¿Cómoda? Si ¿Lujosa? Ni siquiera cerca. Fue una sorpresa para Dumbar, ya que luego de tres horas de viaje, con paradas para comprar café, bronceador, revistas de moda, sodas y golosinas, además de soportar monólogos sobre éxitos y miserias que personalidades revelaban cada semana en un programa de televisión, solo quería descansar, estar fresco y pronto para salir en la mañana al encuentro de Jesucristo. Esto mismo le había comentado a Jason Rosen por teléfono antes de partir.

"Si buscas a Jesucristo, Busca a Jesús en la oración. ¡Clama a Él, Y Él te escuchará y te responderá si lo pides con gran deseo con tu corazón!" bromeó el veterano periodista.

Dumbar tomó una ducha rápida mientras solo pensaba en dormir toda la noche, pero al salir del baño, la música suave, los inciensos y Molly, desnuda sobre la cama, con un moño rojo alrededor de su cuello, le dejó saber que sus pretensiones serían desestimadas.

Definitivamente Dumbar se preguntaba por qué estaba aquí, en esa situación de nuevo. Observó su cuerpo balanceándose suavemente con la música, y supo que mientras giraba en ese espacio del que quería escapar, se preguntaba si realmente no sería él una de esas personas que no disfrutaban del sexo. Molly se paró sobre la cama. Ella quería danzar para él, montando un espectáculo exclusivo.

No pudo evitar dejar que sus manos viajaran por su cuerpo, acariciando su piel desierta. Dumbar pensó que ese espectáculo demoraría aún más sus remotas posibilidades de descansar y decidió acortar caminos. Tiró su toalla al piso, revelándose. Se movió velozmente, permitiendo que Molly se deslizara por todo su cuerpo y cayera rendido sobre las sábanas.

Molly continuó su frenética rotación, manteniendo el contacto visual y observó a Dumbar, un hombre devastado, pero no le preocupó en lo más mínimo.

Dylan Dumbar cerró sus ojos a las cinco de la mañana.

Y a las 8:00 abrió los ojos gracias a la alarma de su teléfono. Le pareció que habían sido solo dos minutos. Molly, por su parte, dormía sin problemas, con sus nalgas apoyadas en la almohada, junto a la cabeza de Dumbar. Por alguna razón, encontró esa piel fresca y lozana, incómoda ante sus ojos. Bajó enfundado en un vaquero y una vieja sudadera a buscar el desayuno (dos tazas de café, un par de rosquilla, dos naranjas) y percibió una constante cortina de lluvia que caía sobre los jardines. Al volver, Molly salía de la ducha y comenzaba a maquillarse con las piernas cruzadas sobre la cama ¿No tenía esta niña un solo ápice de decencia?

Dumbar dejó el desayuno sobre la mesa y entró al baño, abriendo el grifo de la ducha. Casi grita. El agua estaba congelada. La suite de lujo parecía no ser tal.

Salieron al estacionamiento detrás del edificio. Molly luciendo un impermeable amarillo. Poco previsor, Dumbar corrió hacia el automóvil cubriéndose con una bolsa de supermercado. La joven ingresó al vehículo sin una gota sobre su vestido de verano. Dumbar parecía haber salido de una piscina. Les tomó solo veinticinco minutos llegar a Muddy Corner y otros diez para encontrar la residencia de los González. Los recibió una joven de amplia sonrisa.

“Mi nombre es Dylan Dumbar, ella es Molly Hart. Somos periodista de Paranormal Weekly y nos preguntamos, si fuera posible, si podríamos hablar con el señor Jesucristo”

La joven puso su mano en jarra y desplazó su cadera hacia un lateral.

“JC no está aquí” dijo Ruby González.

"¿Cuándo sería posible entrevistarlo?" Insistió Dumbar.

"No lo sé. Fue deportado. A México"

La puerta se abrió un poco más. Lupita, con cara de preocupación mostró su rostro parcialmente.

"¿Quién es? Te dije que no abrieras la puerta" le reprochó su madre. Luego volvió su mirada a los recién llegados "Buenos días ¿Qué puedo hacer por ustedes?"

"Le decía a su…"

"Hija. Ella es mi hija ¿Qué necesitan? ¿Buscan a alguien?"

"Su hija. Le decía a su hija que ella, Molly Hart y yo, mi nombre es Dylan Dumbar, estábamos buscando a…" dijo buscando ayuda en Ruby.

"JC"

"JC. Estamos tratando de ubicar a JC…"

"No son de la migra"

"¿La Migra? No," sonrió "No, somos periodistas. No somos de La Migra"

"Bueno, JC no está aquí"

“Eso me dijo la joven ¿Entiendo que fue deportado?”

“Si, él y mi esposo...”

“¿Cómo se llama su esposo?” dijo Molly anotando en un cuadernillo.

“¿Están seguros de que ustedes no son de La Migra?”

Dylan extrajo su billetera y le mostró su credencial de la Sociedad Norteamericana de Periodistas, Historiadores y Autores. Lupita la examinó y asintió. Hubiera asentido así fuera la credencial del club de narices exuberantes que fluyen para pseudocientíficos mudos.

“Absolutamente,” dijo Dumbar “¿Cuáles son los planes de su esposo? ¿Y de JC? Entiendo que ellos están juntos ¿o estoy equivocado?”

Lupita abrió la puerta en su totalidad para ahora permitir que la cabeza de Myrna entrara en escena. Sonrió y su sonrisa apenas pudo apreciarse bajo el pesado maquillaje de la noche anterior.

“Miguel llamó ayer,” dijo Myrna todavía con sus ropas de trabajo tras una delgada bata blanca “Está decidiendo como y cuando volver”

Dumbar puso su mano sobre el cuaderno de Molly, deteniendo su escrito.

“Puedo ayudar. Si cruzan el Rio Grande, puedo esperarlos con un vehículo y evadir a los agentes de la patrulla fronteriza...”

Myrna le cedió su celular.

“El teléfono está sonando” dijo ella.

11

Muchas personas podrían decir que se trataba de un hombre frente a sus recuerdos, pero en realidad, el sujeto mirando al norte se decía que tan cerca y que tan lejos estaba de su vida, de su familia, de su país adoptivo. Miguel González observaba el amanecer americano pese a que la noche avanzaba y no quería ver el mañana mexicano. Y no se avergonzaba de ello.

"¡González! ¡teléfono!"

Se volvió. El único lugar en el pueblo con un teléfono pago era el almacenero, un expresidiario de pocas pulgas que había hecho amistad con Miguel pues ambos compartían el apellido González. Toda una casualidad en México.

"Un americano parlanchín pregunta por ti, González" dijo González, el bodeguero.

"Gracias, González" dijo Miguel González.

Levantó el auricular pensando que se trataba de John Philip Sosa, su abogado.

"¿Qué novedades me tiene?"

Hubo una pequeña pausa.

"¿Señor González?

"Él habla" dijo Miguel.

"¿Señor Miguel González?

¿Cuántos González cree que puede haber en México este yanki? Pensó Miguel agitando el auricular, perdiendo la paciencia.

"Él habla"

"Señor González... mi nombre es Dylan Dumbar, me encuentro con su esposa, su hija y su hermana..."

"Myrna" se escuchó en la lejanía.

"Su hermana Myrna. Les estaba diciendo que tal podría ayudarles, recogerlos en un automóvil una vez que crucen la frontera. A usted y a JC..."

"¿Quién demonios habla...?," preguntó Miguel agravando su voz, disgustado "¿Quién es usted?"

"Mi nombre es Dumbar, soy periodista del Paranormal Weekly..."

Miguel frunció su frente.

"No sé quién es usted y no sé qué es weekly lo que sea ¿Puede ponerme al habla con mi esposa o mi hermana?"

El teléfono pareció caer en un inodoro, cuando en verdad estaba siendo disputado por varias manos.

"¿Miguel?"

"¿Lupita?"

"Miguel..."

"¡Lupita!"

"Miguel, este hombre es un periodista y dice que si tiene una entrevista con JC los puede recoger en la frontera y bueno... parece un hombre decente, ya me cercioré de que no es de La Migra ¿Tu qué piensas?"

Hubo una muy larga pausa. Miguel debía decidir si confiar en un extraño, quitarse de encima a JC o traer a su familia a México nuevamente y comenzar una nueva vida. Inspeccionó el almacén, su pobreza, alimentos desconocidos por su hija, una cucaracha, paquetes abiertos y un olor sumamente desagradable que provenía del congelador y, de no ser leche en mal estado, se trataba de un cadáver descompuesto.

"Si puede llegar mañana antes de las 7:00AM al paso entre Hinojosa y Greenville, dile que es trato hecho..."

Miguel cortó la comunicación.

"González..." dijo González elevando unas bolsas de plástico "Esto es para mañana... para el cruce"

"Gracias, González" dijo Miguel González.

En los paquetes, a simple vista, Miguel pudo ver botellas de agua, carne seca sellada al vacío y un teléfono celular descartable. González tomó a Miguel González por los hombros y lo acompaño a la salida.

"¿Sabes, González? El sueño americano es duro, largo y dificil. No es para todos. No lo fue para mí, por cierto..."

"¿Usted vivió en los Estados Unidos, González?" preguntó Miguel, realmente curioso.

"Casi diez años... me fui siguiendo a esta chica, hermosa chica, cabellos azabaches, piel clara como la luna, a cuyos padres atendí cuando era un cantinero en Cancún. Cruce el rio, escape de La Migra, viaje en tren hasta Phoenix, Arizona y de allí haciendo auto stop en las carreteras hasta que llegué a Connecticut. Allí esta muchacha me dijo que no le permitían verme, que nunca aceptarían nuestra relación..."

"¿No lo aceptaron por ser mexicano, Gonzales?"

"¡Que va! ¡Ellos también eran tan mexicanos como yo, pero viviendo en Norteamérica! ¡No me aceptaron porque su padre le iba al Azteca y yo siempre le he ido al Guadalajara!" dijo, mostrando un escudo de un club de soccer.

El almacenero le extendió la mano fuertemente con un dejo de tristeza. Tal vez nunca se volverían a ver.

Miguel caminó hasta la plaza con sus paquetes en mano. Tomó el celular y envió a su esposa un mensaje de texto solicitándole que compartiera el número con el periodista y de esa manera estar en contacto.

Se sentó en una banca tomando coraje para afrontar el duro día que le esperaba. Frente a él pasaron algunos carros viejos, unos pocos niños jugando en la calle, vendedores ambulantes sin mucha suerte y finalmente, JC, dando pasos firmes con unas sandalias de goma y una túnica color crema, siendo seguido por doce adeptos, todos cabizbajos, uno tras otro en perfecta fila. En silencio, sin preguntas.

JC se detuvo y los hombres formaron un círculo alrededor de él, aguardando sus palabras. Miguel, fascinado, fue acercándose lentamente.

“Uno de ustedes me traicionará,” dijo JC reflejando pena en sus ojos “Uno de ustedes me traicionará antes de que cante un gallo”

Un sonido extraño se disparó desde una choza de barro donde se ofrecían espectáculos exóticos y para aclarar la definición uno de los discípulos comentó que cobraban diez dólares a los turistas para presenciar a una mujer actuando con un equino. El sonido fue más estruendoso y JC también se volvió hacia el modesto edificio que parecía vibrar. Se preocupó. Era desgarrador.

"Eso no cuenta... es el burro de la Deolinda" dijo uno de los adeptos.

La puerta de la choza se abrió y un burro gris huyó despavorido. Detrás de él, Deolinda, una cincuentona desnuda, un tanto obesa, una mujer que evidentemente no tenía problemas con los comentarios que enjuiciaban su cuerpo o prefería esto a tener que comprar otro asno para su función teatral. Un demarcado bigote separaba sus labios de una obtusa nariz. Miguel alzó sus cejas. No podía culpar al burro.

12

Dumbar envió a Molly de retorno a Miami en su auto y desoyendo a Al Harrison, tomó un vuelo desde el Aeropuerto Internacional de Orlando con destino a Corpus Cristi junto a otros veinte pasajeros en un SAAB 340 de Blue Lines de treinta y siete asientos que lo depositó en su destino cerca de la medianoche. Allí rentó un vehículo mediano de cuatro puertas y recorrió las 160 millas que lo separaban de Greenville, junto a la frontera. Durante el viaje recibió textos de Miguel, quien claramente le especificaba el lugar de encuentro. Unas dos millas antes de llegar a Lincoln City, Dumbar debería abandonar la carretera 281 y desviarse hacia el oeste transitando una ruta de tierra llamada Vallejos. Allí descendería hacia el sur en la única calle que se desprendía de la última y aparcaría el carro en el medio de un área frondosa, que crecida vegetación y allí apagaría las luces.

Ellos lo encontrarían al considerar que la patrulla de fronteras no estaba merodeando la zona.

Dumbar dejó atrás la carretera 281 dos millas después de Lincoln City, giró hacia el este en Vallejos, cruzó hacia una de las varias rutas de tierra y culminó a las cinco de la mañana en un lugar de abultada vegetación, cercana al río, muy similar a lo descripto por Miguel.

Al otro lado, JC fue despertando a cada uno de sus seguidores con ternura, diciéndoles que era hora de comenzar la peregrinación hacia la gran ciudad. Miguel no había podido dormir. Tomó las provisiones que el almacenero González le había obsequiado, y se convirtió en otro de los seguidores de JC. Llegaron a la orilla del rio mostrando gran excitación. Miguel solo miraba a JC, a sus pies. Necesitaba saber que pasaría. Mientras este murmuró algunas palabras para su padre, Miguel González solo aguardaba a que pisara el agua. Dos veces unas pequeñas olas tocaron sus sandalias. Estaba de espaldas al rio y cuando se volvió dio un primer paso hacia las aguas. Dos, tres, cuatro, cinco pasos. JC lo estaba consiguiendo. Al sexto paso, se enterró hasta la cintura. Retornó sus ojos a sus discípulos.

"¡Armarse de valor! Soy yo. No tengan miedo”

Los mexicanos saltaron al rio, como si estuvieran bañándose en tequila. Miguel dejó escapar de su rostro una mueca de desilusión y se internó en el rio.

Fueron solo cinco minutos, con el nivel del agua no más arriba de sus pechos. Uno a uno, fueron llegando a América, la tierra prometida.

A las 6:30AM todavía estaba oscuro y Miguel no distinguía una mata de un carro. Si las luces. Luces aproximándose. Luces cada vez mas grandes y mas fuertes que dañaban sus ojos. Dylan Dumbar, desde una elevación, le hizo señas ondeando sus manos. Las luces seguían acercándose. Miguel tomó a JC de la mano y se acercó a Dumbar. Subieron al auto y ganaron un espacio en su interior.

"¡Vamos, vamos, ¡vamos!" ordenó Miguel y Dumbar tomó por asalto el acelerador del automóvil. Pronto sintieron golpes en el techo. Los mexicanos se arrojaban sobre él, en la primera curva, cinco de ellos cayeron. En la segunda, el resto estuvo revolcándose por la dura arcilla de Texas. Las luces se detuvieron junto a ellos, sin percibir que un vehículo se alejaba a toda velocidad, todavía amparado por la negrura.

Diez millas de huida, y Miguel sugirió que aminorara la velocidad para no levantar sospechas ante los oficiales de la patrulla de caminos. Sería difícil explicarles que hacían dos hombres mojados, uno de ellos luciendo una túnica hecha de tela de arpillera.

Dylan Dumbar traía algunas soluciones. Estacionó el auto junto a un cartel de publicidad en una gasolinera y compró dos sudaderas y dos pantalones cargo. JC recibió un polo blanco con su dibujo en el centro y la leyenda *Tuve Seguidores antes de que existan Redes Sociales*.

Mientras se cambiaban una mujer los miró detenidamente. Miguel abrió sus brazos.

"¿Mujer, nunca has visto hombres cambiándose?" protestó.

La dama se acercó a JC. Lo miró con emoción.

"Señor, lo he visto en Internet, salvando la vida de ese pobre hombre... y me preguntaba si podría ayudarme. Mi esposo perdió la vista hace un par de años. No puede trabajar y yo tengo tres ocupaciones para poder hacerme cargo de los gastos..."

"¿Cómo te llamas, mujer?"

"Helena, mi Señor..."

Los tres hombres cruzaron la ruta guiados por Helena, dirigiéndose a una casa sencilla, pero con pintura fresca. Al ingresar, un hombre de gruesas gafas negras parecía estar escuchando las noticias en la TV.

"Héctor," dijo la mujer "El Señor... está en nuestra casa... el señor del video... el que resucitó al hombre que te comenté"

"¡Déjame de molestar con esas tonterías, mujer!" dijo Héctor.

JC, sin perder tiempo, puso su mano en la frente. Tomó una pequeña maceta y escupió en la tierra. JC mezcló la saliva con tierra.

Luego lo untó en los ojos del hombre y le dijo: "Lávate los ojos". El ciego se lo lavó y volvió chocándose las paredes. JC tomó la maceta y se la arrojó. Héctor esquivó la maceta y se produjo un gran silencio.

"¡Es un milagro!," gritó Helena con lágrimas corriendo por sus mejillas "¡Es un milagro!"

Ella tomó el rostro de su esposo entre sus manos y lo besó en la frente, en los labios, en el mentón. Ahora tendría la ayuda que no había tenido en años. Ahora Héctor podría trabajar. Ahora ella podría descansar al menos un día en la semana.

También besó repetidamente las manos JC.

Y sonrió emocionada a todos los presentes.

"Tendríamos que retomar el viaje," dijo Dumbar "Cuanto antes nos alejemos de la frontera y de los puestos de chequeo, será mucho mejor"

Los tres hombres retornaron al vehículo y antes de subir Miguel escuchó a unos pobladores que vagaban en la gasolinera tomando cerveza, riendo a carcajadas, perdiendo en tiempo, empujándose como diversión.

"¡Pobre mujer! Héctor se la ha pasado fingiendo enfermedades desde hace años para no trabajar... el cuento de la ceguera le duró poco..."

Miguel, curioso, quiso insertarse en la conversación, pero decidió que era mas importante llegar a casa lo más rápido posible.

Norman Bloom recorrió los pasillos del edificio de la CIA en Washington DC con largas zancadas. Ingresó a la oficina de Pat Browning, director de Operaciones y fue simple y conciso.

"Ya cruzaron la frontera," dijo Bloom "Se detuvieron en Las Cruces, Texas para comprar ropa y bebidas. Estuvieron en la casa de Héctor y Helena López, pero no hemos detectado ningún llamado aún"

Browning salió de su refugio tras su escritorio y se acercó a una ventana mascando un caramelo.

"¿Este hombre JC... cómo ingresó al país por primera vez?"

"No lo sabemos aún, posiblemente haya cruzado el Rio Grande también. González y su esposa llegaron como turistas hace veinte años y aquí se quedaron. Con respecto al tercer hombre..."

"¿Dumbar...?" interrumpió Browning.

"Dylan Dumbar. Nació en New York hace treinta y tres años, siempre ha trabajado para pasquines sensacionalistas"

Browning era un experto en seguridad nacional con más de veinticinco años de experiencia en inteligencia global. Como analista de la CIA, era un miembro clave del equipo que determinaba el plan de objetivos para encontrar a los más buscados cerebros terroristas. Browning sospechaba, o tenía potentes causas para establecer que JC buscaba contactarse con células radicales en el territorio americano.

"Es importante que sean seguidos de cerca," dijo Browning "Quiero saber cada movimiento, cada paso que dan, con quien hablan, que comen, que beben y con quien se reúnen, así sea alguien que vende diarios en la estación de trenes ¿Estamos de acuerdo?"

"En eso estamos, director" dijo Bloom entregándole un reporte. Browning lo arrojó sobre su escritorio. Bloom pensó que dudosamente lo leería.

"Cuando consigues lo que quieres, y yo siempre lo consigo, Bloom", continuó Browning, "tal vez sea bueno prolongar un poco la sesión para aplicar otro ablandamiento. No para extraer información ahora, sino solo como una medida política, para crear un saludable temor a entrometerse en actividades peligrosas"

"Si este hombre... JC, es peligroso, lo sabremos enseguida" afirmó Bloom.

"Este hombre es peligroso, Bloom. Muy peligroso, Bloom. Lo siento en mis huesos, Bloom..."

13

Lupita se miró al espejo en su gran noche. No podía respirar. El vestido no la dejaba hacerlo. Se sentía culpable de no usar corpiño o bragas, pero las cuentas a pagar se apilaban sobre la mesada de la cocina. Y sobre su mesa de noche. Y sobre la cómoda de la sala de estar.

Myrna siempre recomendaba a sus amigas que no tuvieran vergüenza de usar ropa ajustada para ir al gimnasio, bikinis en la playa o vestidos ajustados para ir al club.

Ellas podían ignorar a los hombres que afirman o se burlan, porque sus quejas dicen mucho más sobre la confianza en sí mismos. Lupita se dijo que ese consejo debía ser su bandera.

Tres horas antes de la medianoche, las dos mujeres entrelazaron sus brazos y caminando con vigor se dirigieron al club nocturno.

Curiosamente, Lupita desplegaba cierta seguridad y una pizca de arrogancia a medida que se aproximaba al local. En los últimos minutos, una mezcla de morbo e inquietud en saber como reaccionaría sin ropajes. En definitiva ¿Quién la conocería? ¿Quién la reconocería? Probablemente el público era un compacto de estudiantes fisgones y viejos mirones.

Cuando puso sus pies en Cabaré Tabú, Lupita se encontró con una calurosa recepción.

"¡Ey, Lupita!" dijo William Menéndez, amigo de Miguel, con la naturalidad con la cual se encuentra a un amigo en un mercado.

"¡A menear las caderas, chica!" pidió Timothy Harstfield, el peluquero de Muddy Corner.

"Señora Lupita... no sabía que trabajaba aquí..." dijo Marcellus Meeks, el plomero.

"Lupe, traje un montón de monedas para pagar una danza privada..." dijo Humberto Roca, abuelo de su vecina, conteniendo una asquerosa tos con un pañuelo.

El baño de mujeres era el camerino de las bailarinas. Otras tres mujeres estaban allí, arreglando el maquillaje. Todas le brindaron una cordial acogida. Incluso algunas le ofrecieron consejos prácticos.

"Sea lo que hagas, nunca salgas del local. Ganarás más dinero en propinas bebiendo con estos tipos que acostándote con ellos en un hotel"

"Las danzas privadas son veinte dólares por cinco minutos"

"Llévate bien con Brian, el barman. Si le das un porcentaje de tus ganancias, te lo retribuirá con creces"

"Y nunca, nunca, jamás, pierdas tiempo con los tipos que dicen *¿Quieres casarte conmigo?* 99 por ciento de las veces son perdedores que apenas pudieron pagar la admisión..."

A medianoche, después de Astrid, una joven rubia originaria de Canadá, Lupita, más conocida como La Pistolera, salió a escena con un traje al mejor estilo Pancho Villa, con minifaldas y unas bandoleras con balas de plástico, cruzando sus senos. Comenzó a danzar al ritmo de Samba Pa Ti, y se tomó un tiempo para empezar a desprenderse de su atuendo. Algunos parroquianos comenzaron a arrojar billetes de un dólar a sus pies. A primera vista, Lupita contó más de cuarenta dólares. Tenía que ir por más. Arrojó la totalidad de su disfraz a un costado y comenzó a danzar enloquecida. El disc-jockey debió cambiar la música suave por una balada poderosa.

Luego de su primera presentación, Lupita había guardado en su cartera más de doscientos dólares. En cinco días podría pagar la renta de su hogar.

A las dos de la mañana fue su segundo espectáculo. Lupita lucía desilusionada. Solo había recaudado cincuenta dólares. No era el mismo auditorio. Necesitaría más de cinco días...

Myrna tuvo que ayudar a Lupita a volver a casa. Sus pies, torturados por los zapatos de taco de aguja, estaban inflamados, rojos, casi deformados.

En la sala, Lupita observó los billetes arrugados abarrotados en la bolsa de ropas de su cuñada. Calculó que unos quinientos o seiscientos dólares allí, contrastando con los doscientos cincuenta que ella había acumulado.

"Tu pierdes mucho tiempo maquillándote en el baño, querida," informó Myrna "Tienes que interactuar con los clientes. Un trago con un tipo te ganas diez dólares. Una danza privada, veinte o treinta dólares, otra copa, otros diez dólares... si te quedas en el baño, te pierdes mucho..."

Presta a ir a la escuela, Ruby se deleitó mirando el dinero. Le dirigió un vistazo a su madre.

"Ni lo pienses," sentenció Lupita "Ni lo pienses..."

Ruby no tenía que pensarlo, simplemente idear un plan de como sortear la vigilancia de su madre. Sin ser una científica nuclear, ni exacerbar su arrogancia, sospechaba que podía embolsar mucho más efectivo que su progenitora.

Myrna percibió la ambición de su sobrina y tragando su propio ego, entendió que la jovencita sería, sin dudas, una gran fuente de ingreso. Ambas cruzaron miradas cómplices. Myrna asintió. Cuando Lupita cayó en su cama derrotada por el cansancio, Myrna se dedicó a crear su Frankenstein.

Su vestimenta era muy grande para el menudo cuerpo de Ruby. Los pequeños senos de la muchacha rebotaban libres en los escotes, por lo que Myrna debió recurrir a su imaginación. El traje de colegiala era la solución. Una falda escocesa mucho mas alzada de lo alzado que la niña solía usar, la camisa blanca anudada sobre su ombligo, botones sin atravesar los ojales, unos pequeños anteojos y dos colitas en el pelo, asaltarían cada una de las fantasías naturales y deseos perversos de los clientes de Cabaré Tabú. La examinó, la hizo rotar, le indicó dos o tres movimientos sensuales.

"Para los clientes, siempre, en todo momento, deberás dirigirte con amabilidad: *¿Como estas, dulce? ¿Quieres bailar, buen mozo?*"

"¿Cómo estas, dulce?," dijo Ruby exagerando más su voz de niña "¿Quieres bailar, buen mozo?"

Myrna asintió.

"Tienes unos ojos atrapantes, querido. Tu perfume me derrite..."

"Tienes unos ojos atrapantes, querido. Tu perfume me derrite..." repitió Ruby, esta vez llevando un dedo a su boca.

"Si se ponen pesados o tocadores, le agarras las muñecas suavemente y las apartas. Lo más común es que tengan la mano en tu cintura y empiecen lenta, muy lentamente, a bajarla hacia tus nalgas. Ahí das disimuladamente, como si saludaras a alguien, un pasito hacia el costado. Una manera cortés de salir del mal momento," Myrna depositó la mano de Ruby en su cintura y la hizo descender hasta el comienzo de sus nalgas. Una vez allí, dio un paso hacia su izquierda quedando fuera del estado de alcance de manoseo "¿Ves? ¿Entiendes?"

Myrna pintó los labios de Ruby con un rojo ardiente, impactante, irresistible. Una capa de pintura más y también podría trabajar en un circo.

"Es muy importante que nunca proporciones información personal, ¡escúchame, presta atención!," exigió Myrna mientras su sobrina desviaba la vista hacia el televisor. Los dibujos animados parecían muy cómicos "Incluidos tu nombre real, tu dirección y tu número de teléfono. Por más que te enojes, digamos que te peleas con tu madre... que es muy posible... nunca salgas sola. No te vengas a casa caminando a oscuras. Además, nunca aceptes recibir a un cliente de manera inadecuada, o que te digan que tienen un regalo o que quieran charlar contigo en el auto... sin importar cuán buena suene la oferta. ¿Comprendes?"

Ella asintió. Myrna le dio el toque final alborotando sus cabellos, como si fuera un animal salvaje.

Su faena había finalizado con brillantes resultados. Su obra estaba completa.

14

La ruta inundaba de polvo el exterior del automóvil y, junto a la sensación de ansiedad, esta imagen le producía a Miguel una enorme necesidad de tomar agua. Tal vez eran los nervios, tal vez realmente estaba sediento. Esto obligó que cada treinta o cuarenta minutos le pidiera a Dumbar que se detuviera para orinar a la vera de la carretera.

Dumbar y JC también aprovechaban la oportunidad para liberar sus esfínteres.

Orinar se había convertido en un desafío. El viento, la arena y los cardos que bailaban a su alrededor le obligaba a abrir sus piernas y aguardar que las ráfagas fueran piadosas con él.

"Tal vez sea un buen momento para que le haga unas preguntas, señor JC" dijo Dumbar.

JC se volvió hacia Dumbar. Estaba calmo. Tal vez distraído.

"¿Qué quieres saber?"

"Usted clama ser el hijo de Dios... ¿es correcto?

"Esto no te lo revelará ni la carne ni la sangre, sino mi Padre que está en el cielo"

"¿El cielo...?"

JC asintió.

"En el cielo..."

"¿Cuándo hablamos de Dios... es Dios... quiero entender que hablamos de Dios o un dios?" insistió Dumbar.

"Mi Padre"

"¿El creador...?"

Miguel se acercó a ellos cerrando la bragueta de su pantalón. Sonrió y puso sus manos sobre los hombros de ambos. Tanto Dumbar como JC arrugaron sus rostros en señal de disgusto.

"¿Vamos a quedarnos aquí todo el día?" dijo Miguel, ahora palmeándolos.

Dumbar rodeó el vehículo para tomar el mando del volante. Antes de sentarse, vio la cúpula de una iglesia, a la distancia. Un cartel en el camino indicaba que Brayton estaba a dos millas.

"Cada año aparecen solo en Texas cuarenta o cincuenta personas afirmando que son el Mesías. Charles Manson aseguraba que era el hijo de Dios," señaló el padre Graham ante la mirada desilusionada de Dumbar. Miguel y JC, sentados en los bancos de la iglesia, apreciaban una estatúa de Jesucristo. ¡Vaya si eran parecidos! Pensó Miguel "Aquí en Brayton hace un par de años tuvimos un caso muy particular, a una mujer, Adele Ruskan, casada con un buen hombre por años, madre de dos niñas encantadoras, asistían a la iglesia todos los domingos, y que juraba ser el hijo de Dios"

“¿Qué sucedió con ella?” preguntó Dumbar.

El padre Graham limpió sus lentes con un pañuelo de papel, tratando de encontrar las palabras justas.

“Hubo canales de noticias, dos o tres periodistas... tuvo sus quince minutos de fama. Al minuto dieciséis, todo volvió a la normalidad. Creo que Adele vive ahora en Houston,” dijo Graham tratando de no ser sarcástico “Generalmente estas personas, como su amigo, necesitan imperiosamente ayuda sicológica...”

“En principio, quiero decirle que yo atiendo, básicamente, matrimonios con dificultades, chicos con problemas de comportamiento... tengo un señor que es adicto a las apuestas...,” susurró Wes Frazier, el único sicólogo de Brayton “Esto, diría, se encuentra fuera de mi alcance...”

“Doctor Frazier... usted es sicólogo... fue a una universidad... debe tener al menos una idea...”

Frazier estaba incómodo. Titubeó mientras garabateaba algo en su cuaderno de notas.

"Puedo tratar..."

JC se sentó frente a Wes Frazier. El psicólogo se atrincheró asustado detrás de su escritorio con las diez manchas de tinta impresas en la prueba de Rorschach. Levantó la primera.

"Señor JC... dígame lo que ve aquí..."

Frazier exhibió una imagen en forma de mariposa.

"Es el Templo de Jerusalén visto desde el Monte del Calvario"

Frazier recibió un impacto. ¿Estaba mostrando una cartulina equivocada?" La volvió hacia él y comprobó que no estaba errado. Elevó el siguiente dibujo. Dos hombres.

"El demonio merodeando los niños de la aldea" dijo JC.

Boquiabierto, Frazier torneó lentamente la mancha hacia él. Si bien es cierto que muchas imágenes se podrían imaginar de las manchas de tinta, un diablo acechando infantes no era una de ellas.

El tercer cartón era, en el 95% de los casos, un animal de cuatro patas. Frazier levantó el dibujo borroso con reparos.

"Un viejo pastor cuidando sus rebaños de animales, cuatro ovejas y seis cabras moviéndose de un lugar a otro, tratando de encontrar comida y agua para sus animales, listo para beber la leche producida por sus rebaños y esperando usar la lana y las pieles de los animales para hacer ropa y otras cosas, incluida la tienda en la que vive"

Frazier levantó la mano, dejándole saber que aguardara allí sentado. Abrió la puerta de su oficina y salió al encuentro de Miguel y Dumbar, quienes aguardaban leyendo algunas revistas locales.

"No creo que pueda ayudarles..."

Dumbar quería desenmascarar el fraude y si bien estaba utilizando algunas herramientas, buenas herramientas, estas no eran excepcionales. Mientras Miguel cargaba combustible, se dedicó a tener en la mira al autoproclamado profeta. Vio pasar junto a él a un niño de diez o doce años guiando una silla de ruedas eléctrica y lo hacía con vasta suficiencia. Otros chicos corrían y daban giros a su alrededor mientras gritaban o victoreaban los nombres de jugadores de beisbol. Se detuvieron frente a la tienda de caramelos, saboreando dulces desde la vidriera. Dumbar corrió hacia él, chasqueando sus dedos para llamar la atención de JC.

"¿Muchachito, quieres ganar diez dólares?" dijo Dumbar blandiendo un billete "Haz lo que te diga este hombre. Así de simple. Dinero fácil"

JC se aproximó. No comprendía.

"JC, este niño conduce esta máquina que le ayuda a transportarse de un punto A, hasta un punto B. Si eres el hijo del Señor... deberías ayudarlo"

JC contempló al niño con ternura y acarició su rostro, despejando el flequillo de sus ojos, limpiando el polvo de la comisura de sus labios. Lo tomó por los hombros y lo fue elevando hasta ponerlo de pie. Los otros pequeños se miraron entre sí, confundidos. Miguel y Dumbar se miraron entre sí, asombrados. JC le soltó los hombros y le dijo que diera dos pasos hacia adelante y luego dos pasos hacia atrás. El niño obedeció. JC asió la silla de ruedas por las manijas y la deslizó al medio de la calle.

En silencio, se encaminó al automóvil. También sin abrir la boca, Dumbar y Miguel subieron. Se alejaron del lugar al mismo tiempo que un anciano, ayudado por una muleta en el lateral en donde le faltaba una pierna, llegaba gritando junto a los niños.

"¡Mocosos de porquería! ¡Ya les he dicho que no jueguen con mi scooter! ¡A la policía los voy a denunciar, ya verán!"

Tres horas más tarde y por insistencia de Miguel, los tres ingresaron a Corpus Christi. JC, con medio cuerpo fuera del techo corredizo del carro, triunfal como si lo hiciera sobre el lomo de un burro. Dumbar estacionó en los jardines del restaurante Golden Gate.

"Podría comer un caballo entero," dijo Miguel recordando que había perdido el apetito durante su estadía en México. La depresión y la incertidumbre habían constreñido su garganta. Dumbar prefería una hamburguesa o tal vez una ensalada. Tenía un largo camino por recorrer. Muy largo. Al no tener documentos, Miguel y JC no podían abordar un avión. Central Florida estaba a miles de millas de distancia.

La camarera, una pelirroja de poca paciencia y demasiado maquillaje se acercó a la mesa habitada por los tres viajeros.

"Mi nombre es Josephine, estaré a su servicio hoy. ¿Quieren empezar con tres vasos de agua?"

"Si, y estamos listos para ordenar" dijo Miguel, presuroso.

"Okay..." dijo ella sacando un lápiz y un anotador de su delantal.

"Kale, dátiles, lentejas, pan y pescado horneado para mí. Una ensalada para él, y un caballo para él" se anticipó JC.

La camarera le dio tres grandes dentadas a su goma de mascar.

"¿Qué?"

"Sopa de lentejas, pescado al horno. Ensalada Cesar para mí y..."

"Rosbif. Papas fritas..."

Dumbar se hizo de hombros.

“Y rosbif con papas fritas” aclaró Dumbar.

JC partió en tres porciones una hogaza de pan y comió la suya lentamente. Miguel la inundó de aceite y la devoró en segundos preguntando con sus ojos si podía hincar sus dientes en el trozo de Dumbar.

“Come el maldito pan,” dijo el periodista harto de las insistencias y ruegos de Miguel “¿JC? ¿cómo fue que terminó en la casa de Miguel, cayendo de quien sabe dónde, atravesando, de manera increíble, la loza del comedor?”

“Fui enviado” se limitó a decir.

“¿Por quién? ¿Su Padre?”

Josephine retornó con la bandeja. La sopa de lentejas, la ensalada y las papas fritas. Y más agua.

“El rosbif y el pescado tardarán unos pocos minutos más” dijo sin despegar su visión de JC.

“¿Su Padre lo envió a la tierra?” presionó Dumbar.

JC bajó sus párpados.

"¿Con qué propósito?"

JC sonrió.

"¿Paz en la tierra?"

"Menudo trabajo" dijo Miguel masticando a la vez seis o siete rebanadas de papas.

"JC... ¿usted puede realizar milagros?"

"La vida. Tu vida, la vida de Miguel. Mi vida. Son milagros..."

Josephine regresó con dos platos tan calientes en sus manos que su rostro se veía demacrado. Los dejó sobre la mesa y lanzó un contenido alarido de dolor. JC la tomó por las muñecas.

"No hay dolor," dijo "No hay dolor"

La muchacha sonrió. Desentendida, depositó la adición sobre la carne de Miguel. Este a su vez, con extrema lentitud, la fue deslizando hasta llegar al plato de Dumbar. Josephine extrajo su anotador y escribió su número de teléfono, extirpó un trozo de papel, y lo introdujo en el bolsillo de la remera de JC.

"Mi turno termina en una hora," dijo ella "Mi departamento está a cinco minutos de aquí"

Dumbar no necesito ver el papel. Sabía de que se trataba ¿Sabía JC de que se trataba? ¿Cómo manejaría la situación? ¿Un hombre santo? ¿El hijo de Dios? ¿Si fuese quien el decía que era, estaba esto permitido? ¿Qué leyes supernaturales o reglas divinas estaría quebrando?

La camarera retornó a la mesa e informó:

"Acabo de decir que no me siento bien. Me voy a mi casa" blandió otro trozo de papel "Esta es mi dirección"

Y volvió a introducir otro trozo de papel en el bolsillo de JC.

Parte 3

15

Cuando Myrna y Lupita ingresaron a Cabaré Tabú, se encaminaron al baño sin pausa y sin advertir a la nueva bailarina, *La Gata Caliente*, ni sus movimientos, solo una leve ojeada lo suficientemente larga para criticar.

"Esa chica casi no tiene tetas, la muchacha nueva, me refiero," se burló Lupita "Tiene tetas de paloma ¿La has visto? ¿Tú las has visto, Myrna? ¡Ya cualquiera quiere ser bailarina exótica!"

Myrna asintió y la apuró hacia los improvisados vestuarios.

"Puede ser genética. Seguramente su madre tampoco tiene busto" dijo su cuñada exprimiéndole un seno, como si fuera la corneta de una bicicleta.

Cuando Lupita estuvo a punto de salir a escena esta vez vestida como una alta ejecutiva, se cruzó con *La Gata Caliente*, quien abandonaba el escenario abrazando más de mil dólares y le deparó una mueca de desprecio.

"Estarás contenta de saber que recaudé más de mil *kilos*" dijo *La Gata Caliente* sin detener su marcha.

"¡Como si me importara un rábano, tú loca de atar...!" murmuró al subir al tablado. Lupita comenzó su número con ímpetu, y al final, desnuda y cansada, comenzó a recoger su recompensa. Los parroquianos le habían arrojado solo cuarenta y siete dólares.

"¡Mil ochocientos noventa y dos dólares!"

"¡La voy a matar!"

"¡Mil ochocientos noventa y dos dólares!"

"¿Qué estaban pensando?"

"¡Mil ochocientos noventa y dos dólares!"

"¡Eres menor de edad!"

"¡Mil ochocientos noventa y dos dólares! ¡Ni en mis mejores semanas he embolsillado mil ochocientos noventa y dos dólares!"

"¿Sabes que hubiera pasado si alguien se entera y nos denuncia? ¡Voy presa por mil ochocientos años!"

"¡Mil ochocientos noventa y dos dólares!," dijo Myrna, extasiada, una vez más "En una sola noche, en una sola pasada..."

Myrna levantó los billetes y los arrojó al aire. Ruby dio unas cuantas brazadas entre el dinero. Lupita vio caer el capital sobre la mesa del comedor, sobre la cocina y sobre la pequeña alfombra al pie de la mesada. Vio descender el pago de la renta de su casa, observó como se saldaba su cuenta de electricidad, percibió como cancelaría su balance de la compañía de agua corriente, entre otras tantas deudas a ser amortizadas.

"¡Mil ochocientos noventa y dos dólares!" repitió Myrna.

"¿Mil ochocientos noventa y dos dólares?" preguntó Lupita, casi susurrando.

"Y un cupón para desayuno gratis para cuatro personas en Disney" acotó Ruby *La Gata Caliente* González.

"Hablemos un poco sobre esto," sugirió Myrna "tengo un muy buen amigo que hace identificaciones falsas... no para conducir, Ruby, prométemelo, pero si servirá para trabajar..."

"Tienes un buen amigo..." dijo Lupita, anestesiada.

"Muy confiable"

"Identificaciones falsas..."

"De gran calidad"

Lupita enfrentó la realidad. Su hija era la respuesta a un problema que no tenía solución.

La noche siguiente, las tres González ingresaron a Cabaré Tabú tomadas de los brazos. Esta vez con un plan definido. Lupita actuaría en primer orden, seguida por Myrna y cerraría Ruby (O Chantal Rice, de veintidós años, nacida en Casper, Wyoming, de acuerdo con su nuevo documento)

"Lupita ¿Quién es la muchacha nueva?" preguntó Rob Reynolds, dueño de la ferretería.

"Lupita ¿Te has depilado?" dijo Jorge Carrasquillo, el enfermero del pueblo.

"Lupita, muéstranos la caverna" pidió William Guevara, repartidor de pizas.

"Lupita, tu culo es tan grande que te lo limpias con una frazada" aseguró el hijo del jardinero.

De vuelta a casa, Lupita contó ciento cuatro dólares. Myrna abrió su cartera revelando trescientos. Ruby, ochocientos dólares, una cadena de plata, un anillo de oro y siete cartas con propuestas matrimoniales. Nada mal para un martes de lluvia.

Hacia el mediodía Lupita había comprado giros postales para abonar el alquiler de su morada, la tarifa eléctrica y la cuenta del agua corriente. Treinta minutos después, las envió desde la oficina de correos. Cuarenta y cinco minutos después, caminando entre ciertos vecinos que coreaban su nombre por lo bajo, llegó a su casa y descansó sus pies, apoyándolos sobre un par de almohadas. No le importaban los chismes, ni las habladurías. Cada vez que pensaba en las burlas o palabras hirientes, se distraía con la idea de en que gastar su dinero. Si necesitaba un horno nuevo, lo obtenía. Si deseaba un día en el salón de belleza, allí iría. No solo las suyas, sino las habilidades de su hija eventualmente le permitirían comprar su libertad.

O algo parecido a la libertad.

16

Cuando hicieron sonar la corneta del carro y se dieron cuenta que JC no salía de la casa y los retrasaba, Miguel y Dumbar descendieron del automóvil y caminaron hacia la puerta de entrada.

Miguel llevó sus nudillos a la madera y esta se abrió dejando ver un evento espeluznante. En el suelo, un niño de diez u once años se revolvía sobre sí mismo y emitía unos desgarradores sonidos, mientras un doctor trataba de aplicarle una inyección.

Josephine, solo vistiendo una remera musculosa, se desesperaba presenciando el sufrimiento de su hijo.

"¡Ya había sucedido antes!" repetía la mujer con lágrimas en sus ojos "¡Está poseído por Satán!"

Miguel y Dumbar se acercaron al doctor. Convulsionándose, el único hijo de su madre, y ella era viuda. Cuando JC vio y escuchó su llanto, su corazón se compadeció de ella y le dijo:

"No llores".

JC se agachó junto al niño y tocó su cuerpo tratando de calmar sus movimientos. Lo tomó por los hombros.

"Vengo a destruirte. Sé que sabes quién soy, ¡el Santo de Dios!"

El niño se retorció golpeando su cabeza contra el piso.

"¡Tranquilidad! ¡Tranquilidad!" dijo JC severamente. "¡Sal de él! ¡En el nombre de mi Padre te ordeno: ¡Sal de él!"

Y las conmociones se detuvieron. JC dijo: "Joven, a ti te ordeno, ¡Sal de él y levántate!".

El niño cesó sus contorsiones, se incorporó y, luego de toser un par de veces, comenzó a hablar normalmente, y JC se lo devolvió a su madre.

Todos se llenaron de asombro. Josephine comenzó a alabarlo y besarle las manos.

"Un gran espíritu ha aparecido entre nosotros. ¡Un ángel!", dijo. "Dios Nuestro Señor ha venido a ayudarme después de todo..."

Ella abrazó a su hijo. El médico cubrió su desnudez ofreciéndole su chaqueta. Dumbar se acercó a él.

"¿Es usted doctor en medicina?" preguntó el periodista.

El hombre se incorporó y le dio la mano.

"Mark Tewlis, pediatra"

Dumbar le dio su nombre y el medio para el que trabajaba.

"Y ese niño no estaba poseído por ningún demonio..."

"Epilepsia" dijo el doctor descartando la aguja de la jeringa y dejando que el crédito se lo llevara el desconocido "Pronto tendrá otro incidente hasta que la madre deje de comprar y consumir drogas y utilice ese dinero para la cirugía…"

Bloom le entregó a Browning un nuevo reporte adornado por docenas de fotografías que sus agentes en el campo habían proporcionado.

"Señor, si me permite… en mi humilde opinión, no creo que se trate de un terrorista. Parece en cambio uno de estos sanadores charlatanes que van de pueblo en pueblo esquilmando gente"

Browning lanzó una carcajada. Se puso de pie y comenzó a caminar alrededor de su escritorio.

"Es por ello por lo que yo tengo un cargo importante y tu no, Bloom," dijo Browning, mostrando imaginarias medallas "Se trata de un muy peligroso terrorista y quiero atraparlo junto a sus contactos, Bloom. Es por eso por lo que digo y repito que no le pierdan pisada, Bloom. Cada lugar que visita, cada persona con la que se encuentra, yo quiero y debo saberlo, Bloom ¿Quién es esta mujer?"

Browning exhibió una fotografía.

"Josephine Redmond. Es camarera en un restaurante en Corpus Christi. Veintisiete años, madre soltera de un hijo. Adicta a tranquilizantes"

"Búsquenla para hacerle unas preguntas. Podemos recabar mucha información. Puede ser parte de la célula, Bloom..."

"¿Usted cree, señor?"

"No lo creo, Bloom. Yo lo sé, Bloom. Estoy seguro, Bloom"

Texas era más extenso de lo que Dumbar había imaginado y dos horas después de haber dejado Corpus Cristi, aún debían viajar cuarenta y cinco minutos para llegar a Houston cuando el auto de alquiler se recalentó y debió llamar a la agencia desde Los Patos para que le enviaran un reemplazo. Miguel, que siempre estaba hambriento, sugirió probar un restaurante de barbacoa en cuyo estacionamiento descansaban varios camiones. Buen indicio de buena comida. Miguel se sentó junto a la barra y ordenó media docena de costillas y cerveza. Dumbar y JC compartirían una porción.

Una joven rubia sintió una inmediata atracción por JC y lo abordó tomando pequeños sorbos de su vaso de cerveza negra.

"No creo haberlos visto antes por aquí ¿De dónde son, originalmente?"

"Florida" dijo Miguel frotándose las manos. Su orden viajaba lentamente en las manos de un camarero.

"Deja de molestar a las forasteras, Debbie" dijo un calvo gigantón sentado al otro lado de la barra"

"Cállate, Buddy. No molestes" dijo ella.

"Molestar? No estoy molestando. Solo quiero intercambiar unas palabras con mis nuevas amigas" se señaló ganando terreno.

Buddy apartó a Debbie.

"Oh, Buddy... no empieces con las prepotencias..."

"Hola, señoritas," dijo el fornido barbado "Veo que están pasando un buen momento..."

"Mira, amigo... no estamos buscando problemas..." dijo Dumbar.

"¡No están buscando problemas!," dijo riendo. Sus amigos se unieron al entretenimiento “Vaya, si no buscan, no encuentran ¿verdad?”

“Exacto, Buddy” dijo uno de sus acompañantes. El que no busca nunca va a encontrar nada.

Miguel González dejó su costilla sobre el papel y limpió sus labios con la manga de su camisa.

“Solo estamos de paso,” dijo señalando la carne “Y solo queremos disfrutar nuestra comida en paz”

Buddy se acercó a su oído.

“No entiendo mexicano... estamos en Estados Unidos y aquí hablamos ingles ¿Comprende?” dijo el pendenciero agarrando una de las costillas y succionando la carne de un tirón.

Miguel se puso de pie, embravecido. Buddy arrojó el hueso desnudo al piso y le dio una cachetada en la mejilla que le hizo rodar en el piso un par de veces. Se levantó inmediatamente para contestar la agresión, pero JC le detuvo apoyándole su mano contra el pecho.

“Habrán oído que se dijo: Ojo por ojo y diente por diente,” dijo JC con voz calma “Pero yo les digo, no resistan a una persona mala," adhirió volviéndose a Miguel "Si alguien te abofetea en la mejilla derecha, ofrécele también la otra mejilla"

Buddy se hizo de hombros.

"¡Oh! ¡Esto va a ser divertido!"

JC asintió y, dubitativo, Miguel le brindo su otra mejilla. Una nueva bofetada logró tirarlo hacia la izquierda. Esta vez no solo sintió dolor, sino la rabia, la humillación e impotencia. En su libro, Miguel entendía que un puñetazo estaba destinado a lastimar a alguien físicamente, ponerlo fuera de combate, temporal o permanentemente. Pero cuando se trata de deshonrar a alguien, las bofetadas son lo que vence.

Cuando se puso de pie, JC asintió sin mirarlo.

"¿Qué diablos significa eso? ¿Puedo atacarlo o tengo que ofrecerle mi otra mejilla una vez más?" protestó Miguel. Se volvió hacia Dumbar: "No lo entiendo… nunca entiendo lo que dice…"

Un tercer guantazo volvió a enviarlo bajo una mesa. Y fue suficiente para Dumbar, que, con una botella de cerveza, logró impactar en

Buddy y otorgarle un pequeño corte en la cabeza. El gigante se volvió hacia Dumbar, plagado de ira. Se toco la cabeza y vio sus dedos manchados de sangre. Pasó la lengua por sus dedos y eso pareció alegrarlo y a la vez, energizarlo. Tomó a Dylan Dumbar de las solapas y lo hizo volar contra la rocola que comenzó a hacer sonar los acordes del Ave María de Schubert. Mientras Buddy se concentraba en seguir abofeteando a Miguel, sus secuaces golpeaban a Dumbar, uno en el estómago, y cuando se doblaba, el otro lo golpeaba en la cara, irguiéndolo. JC, casi indiferente, le dio un beso al cuello de la botella de ese amargo liquido refrescante y adictivo.

Miguel y Dumbar, víctimas de varios puntapiés, rodaron hacia la calle y desde allí imploraron, sin confesar uno al otro, por el bienestar de JC. Treinta segundos más tarde, JC caminó fuera del lugar con un número de teléfono en sus manos. Dumbar asomó su cabeza una, dos y hasta tres veces dentro del restaurante y constató que no estaba equivocado. Buddy y sus compinches yacían en el piso, totalmente dormidos. Buddy, con los pantalones bajos, exhibía una flor incrustada entre sus nalgas.

Dumbar examinó el casillero de mensajes de su teléfono. Un texto le informaba que el vehículo de relevo estaría en Los Patos en veinticinco minutos.

Aún desde la calle podían sentir la música. Era otra versión mas lenta del Ave María. Tal vez cantada por Elizabeth Wadsworth.

Ninguno volvería para preguntar.

JC se sentó en el borde de un antiguo bebedero de caballos que ahora hacia las veces de un enorme cesto de basura. Dumbar, revisando sus hematomas, descansó sobre la acera, mientras Miguel observaba el reflejo rojo de su rostro en la vidriera de una cafetería.

"¿Tu aún crees que es el hijo de Dios?" preguntó Dumbar tratando de que su voz no llegara a los oídos de JC.

"Un día me levanté y el tipo había horneado docenas de panes con solo una taza de harina... Tres peces en la pecera de mi hija se convirtieron en cientos... no lo sé, hombre. Parece que fuera milagroso"

Dumbar se preguntó cuan inocente o que tan ignorante era ese hombre.

“Miguel ¿puede ser que, en vez de una taza de harina, hubiera habido varias libras?

Miguel González se hizo de hombros.

“Miguel ¿sabes que hay peces que en época de desove un pez lanza miles de huevos?

Miguel repitió la acción. Miró la cantina que estaba al otro lado de la calle y pensó que tan riesgoso sería intentar recuperar esas sabrosas costillas de cerdo.

Un viento cálido se desplazó desde la costa y les golpeó el rostro creando una sensación de limpieza. Dumbar sondeó su reloj nuevamente.

17

Ruby era una bailarina natural. Todo ese tiempo de posponer la tarea escolar para último momento y, en vez, observar los programas musicales en el circuito de cable finalmente había dado dividendos. Danzaba sin ropas con la misma soltura que lo hacía con vestimenta. La mayoría de los hombres arrojaban billetes de un dólar a sus pies. Otros, unos pocos, querían tocar piel al menos aproximarse a ella poniendo dinero en su portaligas. Uno de ellos era un hombre maduro, obviamente en sus características físicas, ya que dentro de Cabaré Tabú bailaba, silbaba y saltaba como si fuera un adolescente en celo. Esa noche, pese a su notoria obesidad, había arribado con un pantalón de jean muy ajustado y una camisa hawaiana con diseños de flores, frutas y volcanes. Chillaba frases poco adecuadas y hablaba con desconocidos acerca de las curvas de La Gata Caliente. Se acercó a ellas con un manojo de billetes desplegados como si estuviera jugando una partida de póker. Cada vez que introducía un dólar en el portaligas, deslizaba su dedo índice hacia arriba, hasta chocar con la ingle de la jovencita. Su dedo se acercó a las partes privadas de Ruby, quien recurrió al concejo de su tía y capturó sus muñecas, dando un paso al costado, dejándolo fuera de radio de acción. Pero el hombre insistía en dar recompensas.

"¡Señor Klitsky!" dijo Ruby finalmente, aunque sin perder su sonrisa "¡La mercadería no se toca!"

El señor Klitsky se vio desamparado y desenmascarado ¿Cómo sabía esa golfa su nombre? ¿Quién era esa muchacha? Y en ese momento la observó con más cuidado.

"¿Ruby? ¿Ruby González?" preguntó Klitsky "¿Qué haces aquí, a esta hora, en un día de colegio?"

Ruby se puso en cuclillas, abriendo las piernas exageradamente, su vagina casi en las narices.

"¿Es día de escuela, señor director? No me había dado cuenta. De todas maneras... no creo que merezca una reprimenda" le dijo al oído y pasando su lengua por la oreja. Klitsky, hipnotizado, ya le daba billetes de diez dólares en la mano.

El vehículo de subrogación era pequeño pero cómodo y la vibración en la ruta era menor que la que producía el primer automóvil rentado. Los diálogos en su interior fluían sin gritos o al menos son la necesidad de repetir las preguntas o respuestas.

"JC... ¿Cuáles son sus planes...? Es decir, ¿Piensa en fundar un ministerio... una iglesia? ¿Redes sociales, tal vez...?" preguntó Dumbar esperando al menos en ese momento una contestación interesante.

"No"

"¿Qué pasa por su mente en momentos cuando dice que es el hijo de Dios? Me refiero a que el 99 por ciento de la gente se burlaría, se reiría o al menos lo desestimaría..."

“Necesito un bistec...” dijo Miguel.

“¡Pero, si has comido hace menos de veinte minutos!” le reprochó Dumbar.

“¡No es para comer... es para mis mejillas que se están inflamando!”

“No hago esto para ganar un concurso de popularidad” dijo JC.

Dumbar aminoró la marcha.

“¿Por qué lo hace, JC?”

“Fui enviado para ello”

“¿Por Dios?”

“Por mi Padre... si”

“¿Con qué propósito? ¿Detener guerras? ¿Parar la violencia? ¿Poner un punto final a la corrupción?”

“¿Estamos hablando de política, ahora?” preguntó JC.

“Si usted prefiere... entre otras cosas”

JC reclinó su asiento hacia atrás. Por primera vez se lo vio cansado. Dumbar lo dejó reposar.

No se percataron del cartel que les daba la bienvenida a Luisiana. Tampoco el de Alabama. Solo Dumbar lo notó al ver la distancia que faltaba para desviarse a Mobile. Pero Mobile no le allanaría terreno. Decidió tomar la ruta 49, un solitario y oscuro camino cercano a la costa del golfo de México. Allí se dio cuenta que un vehículo utilitario negro los continuaba siguiendo desde que habían dejado Baton Rouge. Se detuvo a comprar café en Miramar Beach y el conductor del vehículo negro estacionó para comprar un periódico. Cargó gasolina en Crawfordville y el conductor compró un mapa en la misma estación de servicio. Paró por unas rosquillas en Otter Creek y su seguidor se apostó sobre una calle lindera hasta que los tres hombres retomaron su derrotero hacia Central Florida.

A treinta millas de Gainesville, JC despertó y comenzó a mirar a ambos lados de la ruta, alimentando la curiosidad de sus compañeros de viaje. Alzó su mano y presionó a Dumbar a detenerse sobre el arcén.

"¿Qué rayos sucede ahora?" preguntó Miguel con fastidio. Dumbar encendió un cigarrillo y señaló a JC que había descendido del auto y erraba por el lugar como olfateando lo desconocido. Sorteó una cerca de alambre y caminó en diagonal. Se detuvo y comenzó a mover sus brazos para llamar la atención de Dumbar.

Junto a Miguel, se unió a JC quien señaló una van dada vuelta, parcialmente hundida en lodo, en el medio de un campo. JC se acercó al conductor, un joven que no respondía a sus palabras. Cabeza abajo y a su lado, solo pendiendo del cinturón de seguridad, una muchacha se quejaba de dolores, de miedo o de su incomodidad. Dumbar y Miguel rescataron a la mujer, mientras JC tomaba de la mano al conductor.

"¿Está muerto?" inquirió Miguel.

"No lo sé…" confesó Dumbar.

"¿Podemos sacarlo de allí?"

"No lo sé…"

"¿Crees que se salvará?"

Agobiado, Dumbar le dispensó esa mirada. JC, en tanto, hablaba en voz baja, sosteniendo la mano del muchacho sobre su frente.

"¿Mi novio esta bien? ¿Charlie esta vivo?" preguntó ella, recuperando el aliento.

De pronto, Charlie abrió sus ojos. Confundido, apretó los dedos de JC. Como si fuera una víbora sin vida, el cuerpo del accidentado se deslizó al piso.

"¡Es un milagro!," dijo la muchacha besando los puños de JC "¡Es un milagro!"

El pelilargo comenzó a parar el trafico y a organizar un equipo para quitar la van de tan complicada situación. Mientras el hombre del vehículo utilitario observaba, docenas de conductores formaron una cadena humana y provistos de sogas comenzaron a empujar para poner la van sobre sus ruedas. Luego cincharon para sacarla del lodazal, a través del campo, hacia la carretera. Miguel hizo girar la llave del circuito de encendido y el motor rugió como lo hiciera en una cálida mañana de primavera. Ese era el verdadero milagro. Rescatistas y accidentados comenzaron a aplaudir.

"Ustedes tienen, deben seguirnos. Janelle y yo nos casaremos en los primeros días del mes próximo, y este era una especie de viaje de despedida de solteros en Daytona Beach. Serán nuestros invitados de honor. Gastos pagos..."

“Acordamos otorgarnos un pase libre. Una última diversión” acotó Wanda.

“¿Pase libre...?,” preguntó Dumbar “¿Un pase libre para...?”

“Sexo. Podemos elegir tener relaciones sexuales con quien elijamos. En este caso yo dormiría contigo y contigo,” dijo Wanda señalando a JC y a Dylan Dumbar “es justo entonces que Charlie se acueste contigo” le dijo a Miguel.

Cuando los prometidos tomaron la ruta 44 hacia el Atlántico, el automóvil de Dumbar, Miguel y JC, automáticamente siguió su curso por la carretera 27 rumbo a Orlando.

Los hombres no dejaron escapar una palabra. Sin hablar, se juramentaron no tocar el tema jamás.

Fue extraño para Miguel llegar a su casa y no notar el automóvil de Myrna estacionado bloqueando la entrada o montado sobre el césped del patio delantero. Notó el faltante de olor a comidas fritas. Advirtió que la nevera estaba repleta de alimentos y bebidas. Por un momento se preocupó pensando que tal vez había ingresado en la casa equivocada. Los sillones eran nuevos. El juego de mesa y sillas del comedor era nuevo. Cortinas de calidad.

Sobre la pared de la cocina había algo que nunca había visto y quería creer que era un extractor de aire. Indudablemente, habían ganado un premio en la lotería del estado de la Florida. No existía otra explicación. Colgadas en el ropero, muchas de ellas aún con el precio puesto, habitaban una gran variedad de prendas de marcas costosas. Sostenido por casi invisibles soportes a la pared un televisor de 75 pulgadas había destronado al Panasonic de 13 pulgadas de veinte años de antigüedad. Vio aspiradoras y licuadoras, procesadoras de alimentos y cafeteras eléctricas. Muchos electrodomésticos ni siquiera habían sido extraídos de sus cajas. Muchos de ellos eran por él de desconocido uso. La precaria división que solía ser utilizada como pieza para su hija ya no estaba. En cambio, la casa había dado vida a una extensión y allí estaban, o al menos eso Miguel creía, las pertenencias de su hija. Así debía ser, aunque divisó otro moderno y gigantesco televisor inteligente, consolas de video juegos y vestidos, vestidos y mas vestidos. Y zapatos, zapatos y más zapatos. Más zapatos de los que una mujer pueda necesitar a lo largo de su vida.

Dumbar y JC se derrumbaron en un sillón bebiendo cerveza. Miguel no encontraba a su familia pese a que ya era medianoche.

Paseaba de un sector a otro de la vivienda, rastreando los mismos lugares, esperando diferentes resultados. En todos estos años de convivencia nunca había experimentado no encontrar a su esposa en su hogar casi a medianoche. Este no era el caso. No comprendía que estaba sucediendo. ¿Tal vez había sufrido un accidente? Llamaría al hospital. ¿Habrían secuestrado a su hija? ¿Lo habían abandonado? ¿Estaría él muerto y no lo sabía? ¿Es esto el paraíso? ¿Es esto el purgatorio?

"JC... ¿Es esto el paraíso?"

"No, mi amigo. El paraíso es aburrido"

Miguel salió al jardín de su casa y se situó luego en medio de la calle, como si esa acción apurara el retorno de su familia. Dos muchachos volvían de una noche de fiesta, evidentemente pasados de alcohol. Mucho alcohol. Caminaban como siameses, pero no por amor fraternal, sino por la necesidad de contenerse el uno al otro. Si no lo hubieran hecho, cada uno de ellos hubiera terminado estacionado en el borde de la acera opuesta. Eran Ronnie Chávez y Jimbo Lockhart, uno vivía en unos departamentos cercanos a la casa de Miguel, Jimbo trabajaba en el supermercado local, empacando alimentos.

“Ey, muchachos... ¿alguno sabe algo de mi familia?” preguntó Miguel.

Ronnie respiró profundo, no quería que se notara su estado.

“¿Cómo dice, oficial?”

“¿Oficial? Soy Miguel González, Ronnie... relájate... ¿mi familia? ¿Sabes algo de mi familia?”

“¡Miguel González!,” estalló Jimbo como si estuviera frente a una estrella de Hollywood “¡Miguel González! ¡Ronnie... mira... es Miguel González!”

Mientras se encontraban imposibilitados de contener el volumen de sus voces, las luces de las casas vecinas comenzaban a encenderse. Lizette Castillo, la de la casa de tejas negras, salió al porche envuelta en una bata. Su vecina, con ruleros. El matrimonio del 427 abrió la puerta y el señor debió correr hasta la esquina persiguiendo a su perro, que había aprovechado la ocasión para escapar.

“¡Miguel González! ¡Claro... el padre de Ruby! ¿Usted es el padre de Ruby? ¿Es el padre de Ruby, verdad Jimbo?”

“Si, el padre de Ruby... ¿Ustedes saben dónde está Ruby?”

"Muy buena persona, Ruby digo... y... talentosa, digamos..."

"Talentosa, si..."

"Muchachos... ¿Saben donde está Ruby?" insistió Miguel.

"Pues en el Tabú..."

"Okay, gracias" dijo Miguel.

Miguel descubrió que la mente humana en realidad está programada para este estado de distracción continua. Procesó en unos segundos lo que era divagar. Se sentía como si estuviera esperando en la cubierta de un crucero hundiéndose y fantaseando con que la caballería lo rescataría en el último instante. Trató de reaccionar a este estado, pero resulta que era el exacto modo predeterminado de funcionamiento de su cerebro. Por un lado, pareció estar en el medio de una pesadilla en la que no podía gritar ni podía despertar.

"Espera un minuto," pidió Miguel González volviendo al mundo "Repíteme eso por favor..."

"Ruby está en cabaré Tabú... es muy talentosa..." dijo Ronnie.

"Muy talentosa, si..."

Miguel comenzó a trotar y luego correr, y como el flautista de Hamelin, atraía a todas las vecinas. Jimbo y Ronnie quisieron imitarlo, pero la única posibilidad que tenían era correr abrazados.

"Miguel se enteró que la esposa y la hija trabajan en el Tabú!" informó con toda la fuerza de los pulmones una mujer que corría tras el resto de la multitud como un pato, tratando de no arruinar sus uñas recién pintadas.

Cuando Miguel llegó al club nocturno ingresó sin pagar su admisión. No pudieron detenerlo. Se quedó petrificado en el medio del salón. Myrna sentada en las faldas de un hombre mayor. Ruby se contorneaba sobre el escenario y Lupita, dulce Lupita, su novia de la adolescencia, su única mujer (con algún que otro desliz) reía siendo el centro de atención de siete marineros uniformados que consumían como corsarios. No tenía tiempo para rescatar a todas. Simplemente emitió un grito de guerra y tomó a su esposa de los cabellos arrastrándola fuera del local. Myrna y Ruby, aterradas, y los concurrentes, curiosos salieron tras el y muchos de ellos se encontraron con sus consternadas mujeres.

El camino de retorno fue tan trágico como cómico. Lupita trataba de apaciguar su dolor asiéndose de la mano de su esposo, quien la arrastraba de los pelos. Su cuerpo giraba en el trayecto y sus nalgas rebotaban contra el suelo.

"¡Dale duro, Miguel! ¡Tramposa! ¡No dejes que esa cualquiera se ría de ti! ¡Buscona!" eran los gritos mayoritarios.

"¡Wasabi!" se sintió a lo lejos. Muchos se miraron confundidos, pero no era un insulto, sino el vecino que aún trataba de recapturar a su perro.

Ante la revolución, todos los habitantes de Muddy Corner parecían haberse congregado en las cercanías de su casa. Dumbar y JC, aunque cansados, aguardaban junto a la cerca.

"No queremos prostitutas aquí," gritó una mujer "No queremos rameras que calienten a nuestros maridos"

JC alzó una roca del piso y la depositó sobre el buzón de correspondencia de la familia González.

"El que esté libre de pecados, que arroje la primera piedra..."

“Es una concusión muy fuerte,” dijo Dumbar observando la frente de Lupita, que gemía sobre su cama “Tal vez hay que llevarla al hospital…”

“Es increíble. El que arrojó la piedra es Hugo Correa. “¡Lo tuve en mis brazos a ese pequeño hijo de puta!” comentó enfurecida Myrna, cambiándose sus ropas.

Junto a su amplia y nueva ventana que miraba al patio trasero, Miguel examinaba su vida y cuanto había fallado. Desde su pieza, Lupita vio a su hombre abatido. Tomó un pañuelo embadurnado de manteca fría que su cuñada había preparado y se lo colocó sobre el moretón. Caminó hacia su marido y lo abrazó por detrás.

“Lo siento mucho, Miguel”

Apenas le tomó la mano. Sonrió de manera imperceptible.

“Lo siento, Lupita,” dijo Miguel “He fracasado. No soy un proveedor. No he sido un buen esposo, ni buen padre y siento que te he arrastrado a destinos que no merecías. América es un ejemplo. América era mi sueño, no el tuyo…”

Lupita besó su espalda.

“Tú has sido todo lo que siempre he deseado...”

“Y tú has sido siempre perfecta, Lupita. Lo mejor que me ha pasado en la vida. Tú y Ruby...”

Y el momento mágico se rompió.

“Y ni hablar de lo que ha ganado. Dos o tres mil dólares por semana...,” dijo su hermana sin el propósito de revolver el cuchillo en sus costillas.

“¿Dos o tres mil...?” preguntó Miguel, casi dejando de lado su orgullo.

“Tu hija casi diez mil. La envidia me carcome...” confesó Myrna.

“¿Casi diez mil...?”

Miguel se sorprendió con la noticia. No había en las cercanías ningún puente desde donde saltar al vacío. No fueron los efectos adicionales de algún medicamento lo que provocó esta línea de pensamiento. Después de todo, durante años, su médico había tratado a Miguel como irascible y no como víctima de depresión. Se forzó a pensar que los esfuerzos de su familia lograron el éxito, restaurando la economía del hogar, y debería estar agradecido. Los dilemas éticos que le interesaban estaban en otra parte. Por extraño que parezca, nunca imaginó que transitaría por semejante situación.

Y el momento siguió quebrandose. Los golpes a la puerta fueron contestados por Ruby quien se encontró con una credencial de la CIA frente a sus ojos.

"Buenas noches. Mike Salerno. CIA. Quisiera intercambiar unas palabras con el señor Jesús Cristo..."

18

Pat Browning permaneció en silencio durante un par de minutos en los que JC no le quitó la mirada de encima. Por un cierto bienestar psicológico, el director había sentado a JC junto a la puerta.

"¿Esta usted cómodo, señor Cristo? ¿Puedo ofrecerle algo...? ¿Agua, quizás?"

JC negó con su cabeza.

"¿Usted sabe...? Es importante para mi que se sienta a gusto aquí. Recuerdo que durante uno de mis primeros días en la Agencia citamos a una mujer que era parte de una investigación. Leslie Hudruff... si, creo que ese era su nombre. Se revolvía en su silla. Acicalaba sus cabellos. Se tocaba la nariz constantemente y lo más llamativo, no estaba más de dos minutos sin pellizcar la piel de su cuello. ¡Y todavía no había comenzado a hacerle una sola pregunta! Le dije que se calmara, o que quizás quería sacarse un peso de encima contándome que la aquejaba, usted sabe, confesando su participación en una conspiración... pero ella me dice: *Ocurre que tengo que buscar a mi hija al colegio antes de las cinco de la tarde.* ¿Entiende usted? Yo creía que ella estaba implicada en algo sucio y ella estaba preocupada por su hija"

"Puedo entenderlo"

"No quiero que usted pase por lo mismo..."

"No tengo hijos"

Al Harrison controló los gastos que Dylan Dumbar había cargado a la tarjeta de crédito de la compañía encontrando erogaciones para esta nota especial por renta de autos, viajes en avión, cuartos de hotel y restaurantes por valor de tres mil cuatrocientos dólares en un período de seis días, mientras que el promedio de costo de sus artículos amarillentos nunca le habían costado un centavo, y eso le preocupaba. Pero el primer borrador que había recibido le interesaba. Era prometedor, con ritmo, invitaba a devorar sus páginas, aunque notaba ciertos claroscuros.

La noche de un domingo de tranquilidad de la familia González se vio interrumpida cuando alguien, un desconocido, atravesó el techo de su vivienda, destrozando cielorrasos, muebles y vajilla en su caída. Dijo ser Jesucristo, el hijo de Dios. Los González, una familia temerosa de El Creador, acogió y adopto a este hombre sin saber si se trataba de un delincuente peligroso o de una victima de alguna enfermedad mental. Sin embargo, le abrieron las puertas de su casa y de su corazón. Jesucristo (JC para ellos, sus amigos) comenzó a trabajar con Miguel, el patriarca de la casa, un inmigrante indocumentado de origen mexicano quien lo llevó a trabajar en las plantaciones. Fueron en ese lugar arrestados por el Servicio de Inmigraciones. Allí comienza la tragedia para este hombre humilde y trabajador, y su familia, su esposa Lupe, su hija Ruby y su hermana Myrna, quienes tuvieron que sacrificar mente y cuerpo para subsistir. En ocasiones, realizando tareas denigrantes, que dejaron grandes huellas permanentes. Miguel y JC fueron parte de un macabro plan de la CIA que, en busca de alguien a quien culpar por su inefectividad, logró que un juez los declarara elegibles para deportación. Miguel y JC se encontraron solos, abandonados en México sin dinero y sin recursos. Una noche, sin saber que era esto lo que la Agencia de Inteligencia quería, pisaron la costa del Rio Bravo, cruzaron las aguas y llegaron a la orilla del Rio Grande. Una vez en América, siendo fuertemente vigilados por agentes de la CIA, iniciaron su camino de retorno a casa. Y casa es Muddy Corner, en el sur de la Florida Central. La CIA esperaba que JC tocara sus contactos terroristas en Estados

Unidos, pero JC -ni Miguel- no tenían esas intenciones. Y no las tenían porque nunca fueron parte de una célula terrorista.

La CIA muestra una vez más sus dientes asesinos sin sentido. Maestros en teorías de la conspiración, sin motivo alguno, inventaron una comedia de enredos para cubrir sus errores. Ahora Miguel González se enfrenta a otra posible deportación y JC, este hombre misterioso que dice ser un enviado de una divinidad y puede ser simplemente un hombre con graves problemas de salud mental, se encuentra en una fría sala de detención gubernamental, sin atención médica o un tratamiento psicológico que debería ser urgente.

Harrison dejó el escrito sobre un escritorio. Estimó que este sería un articulo de tapa. Estimó que este era un artículo que traería cuentas publicitarias.

No solo la Oficina Oval impresionaba al primer ministro de Canadá, la manera de hablar del presidente Lewis R. Stanford en cuanto al tratado de control de armas le convencía. A punto de dar su conformidad, el mandatario vecino vio sus palabras detenidas ante la intromisión del principal asesor de política interna del presidente, Gregory Stinson.

"Mucho siento interrumpir, señor presidente... señor primer ministro... pero tengo al Papa en línea..."

"¿El Papa, Papa...?" preguntó con sorpresa el presidente.

"El mismísimo Papa... directamente desde el vaticano, señor presidente..."

Stanford tomó el teléfono mientras rechazaba el ofrecimiento del canadiense de dejarlo solo, para darle privacidad a su conversación.

"Su Santidad..." dijo Stanford "espero que se encuentre bien... muy bien... gracias... mi esposa y los niños bien... bueno, usted sabe, Su Santidad, ya no tan niños... entiendo... entiendo... era por seguridad... comprendo... nos ocuparemos de este pobre diablo... es decir... este hombre... usted sabe lo que quise decir, Su Santidad... concuerdo con usted que debemos ocuparnos de su salud mental"

El presidente sintió un clic de corte de comunicación, sin embargo, continuó conversando solo.

"Congratulaciones para usted también, Santo Padre. Y gracias por sus palabras... usted también está haciendo un magnífico trabajo..."

El presidente depositó el auricular sobre la horquilla. Stinson aguardó sus órdenes.

"Déjenlo ir..."

Browning estaba cansado de hablar del Nuevo Testamento. No había podido encontrar un enlace entre JC y alguna organización terrorista, pero estaba seguro de que lo haría. Estaba dispuesto a agotar todas sus habilidades para conseguir su objetivo. *Cuando consigues lo que quieres, y yo siempre lo consigo, tal vez sea bueno prolongar un poco la sesión para aplicar otro ablandamiento. No para extraer información ahora, sino solo como una medida política, para crear un saludable temor a entrometerse en actividades peligrosas*, era su frase favorita y su invención. Se encontraba dispuesto a llevar a cabo su propio consejo, determinado a encontrar respuestas y a hacerlo pronto, cuando sintió ruidos en el cristal de la sala de entrevistas. Enérgicos nudillos llamaron su atención. De mala gana, abrió la puerta y otro agente realizó una clara seña de terminar con los cuestionamientos.

Miguel observó un meticuloso cuaderno de entradas que su hija, Ruby, había confeccionado desde que la rama femenina se había dedicado al arduo negocio de los entretenimientos. Los detalles deberían ser aclarados ¿Los detalles deberían ser aclarados?

"¿Qué es *DP*?" preguntó Miguel.

"Oh… tu no quieres saber" dijo Lupita.

"Quinientos dólares en una semana por *DP*…"

Ruby señaló una fecha en el cuaderno con su dedo.

"Quinientos dólares en una noche por *DP*," se rectificó Miguel "¡Y que es *Motor de*

Bote? ¿Tenemos un puto bote...?" preguntó sorprendido.

Lupita palmeó su hombro.

"No..."

Madre e hija lo dejaron solo.

Miguel recurrió a su teléfono para investigar ciertos términos.

DP: Defensor Público, Deficiencia Física, Deducción Parcial, Desarrollo Profesional, Detective Privado, Distancia Pupilar, Dominio Público, Danza Privada, Departamento de Policía, Documento Público, Desorden Psiquiátrico, Defensa Personal, Partido Democrático...

"¿Digan... alguien tiene un desorden psiquiátrico?"

"¿Además de ti?" preguntó Myrna con un cesto de ropas en sus manos, de camino a estrenar el nuevo lavarropas.

"Ey Myrna... ¿Qué es un Motor de Bote...?"

Ella no se detuvo, fue emitiendo su explicación de camino al lavadero.

"¿Motor de Bote? Es cuando empujo la cara del cliente entre mis pechos y le balanceo la cabeza de lado a lado muy rápido hasta que le hago vibrar los labios..."

Miguel no comprendió en su totalidad, pero decidió no hacer más preguntas. Cerró el cuaderno y decidió tomar un respiro de aire puro.

"Veo que ya te vuelves a Miami, Dylan..." preguntó Miguel.

"Allí trabajo. Allí está mi vida" dijo Dylan Dumbar acomodando con cuidado su laptop en el asiento del acompañante del vehículo. Sus notas estaban en un bolso en la parte posterior. Una bolsa con tamales y tacos que Lupita e había preparado descansaba sobre el apoyabrazos. Se irguió y le extendió la mano "Miguel, ha sido un honor..."

A sus amigos, Miguel los abrazaba. Lo atrajo hacia el y Dylan se fundió en una sentida muestra de afecto que parecía no terminar.

"¿Y vamos a dejar a JC abandonado?" le dijo al oído.

Dumbar lo miró confundido.

"JC está en un asilo, Miguel. Tengo información que fue alojado allí esta mañana. Cuidado y medicado. Probablemente es lo mejor para su condición... para su salud mental..."

"¿Y vamos a dejar a JC abandonado?" repitió.

Dylan Dumbar lo miró y Miguel notó un brillo en sus ojos. Después de todo, debía dar un final a su historia.

19

Por motivos desconocidos y que no deseaba conocer, en la ruta, Miguel se sentía libre. Lo estaba financieramente gracias a los trabajos extras de la rama femenina de su familia. Lo estaba legalmente, ya que el juez que lo había deportado no quería encontrarse frente al fuego de los medios y ser sindicado como colaborador de la CIA, por lo que -de acuerdo con su abogado John Philip Sosa- era más que lógico que le concediera una residencia en América. Pero no lo estaba emocionalmente.

Sentía que estaba en deuda y esta gran cruzada para liberar a JC lo reivindicaría.

Dumbar, por su parte, no había logrado decidir en todo este tiempo como presentar a JC en su historia. ¿Era él un charlatán, un hombre muy confundido o un joven no comprendido? Ciertamente no tragaba el cuento de que era el hijo de Dios, de un dios, Dios en la tierra o un brujo vudú.

"Dylan... ¿Tu qué opinas?"

Dumbar no contestó, solo levantó sus pulgares del volante.

"Con respecto a mi... ¿Qué opinas?"

"No entiendo que quieres decir, Miguel"

"Si estuvieras en mi lugar... con esta situación de mi familia trabajando en ese lugar... ¿No crees que es deshonroso?"

Dumbar pensó en la mejor manera de plantearlo. Ciertamente no era una situación convencional. De usar sus zapatos, tal vez hubiera tenido una reacción de disgusto. Poniendo en la balanza lo ideal y lo conveniente, dejando de lado las reglas morales, se hubiera decantado por disfrutar de la comodidad de los billetes. Decidió hacer un alto y detenerse en una estación de servicio antes de contestar. De vuelta en el auto después de detenerse para cargar gasolina, Dylan Dumbar volvió a tomar la autopista, adelantándose a la tormenta. Durante los siguientes veinte minutos, la lluvia cayó de manera constante, pero no siniestra, y observó cómo los limpiaparabrisas empujaban el agua de un lado a otro mientras se aproximaban a Miami. Su Coca-Cola estaba entre el freno de emergencia y el asiento del conductor, y aunque sabía que no era bueno para él, terminó el último sorbo e inmediatamente deseó haber comprado otra. Esperaba que la cafeína extra lo mantuviera alerta y concentrado en el camino, en lugar de tener que prestar atención a Miguel. Pero Miguel siempre pareció estar en su vida, pese a que lo conocía poco tiempo. Miguel. ¿Qué podría decir? Ahora parecía ser parte de él, había escuchado los latidos de su corazón los últimos doce días, había sentido sus movimientos a cada rato. Se había reído y angustiado con la historia de su vida. Ese sentimiento no había cambiado, aunque él no era de ninguna manera el amigo que todos desean. Estos días Dumbar simplemente hizo el mejor trabajo que pudo, aceptando lo bueno con lo malo, buscando alegrías en las pequeñas cosas. Con Miguel, a veces eran difíciles de encontrar. Había hecho todo lo posible por ser paciente con él, pero no siempre había sido fácil. Pero Dumbar sintió que su frustración aumentaba, lentamente contó hasta diez antes de hacer nada; cuando eso no funcionó, salió de los silencios.

"Miguel, es mi humilde opinión, pero considero que la vida es una mierda. Lo único que se puede hacer es usar mucho perfume para que no huela tan mal. La vida te ha tratado duro ¿Y que hay con que tu hermana sea una bailarina exótica? ¿O tu hija? ¿O que tu esposa también lo haya hecho? Al final del día está contigo"

Miguel se emocionó. Admiró a ese hombre con altura. En realidad, quería preguntarle que opinaba si el también se dedicara a la industria del entretenimiento nocturno realizando un acto de desnudismo masculino, pero hubiera arruinado el momento.

Luego de dos paradas más debido a la incesante necesidad de Miguel de seguir comiendo, el auto ingresó a Miami Beach minutos antes de la medianoche. La ciudad latía al compás de los salones de baile y los restaurantes bulliciosos. Las estrechas calles, abarrotadas de jóvenes sedientos que danzaban entre el tráfico, despedían vapor.

Miguel comenzó a mover su cuerpo al ritmo de la música e incitó a Dylan Dumbar a imitarlo. Este lo hizo, a desgano, bajo protesta. El carro pasó lentamente entre la multitud y siguió bajando hacia el sur.

Muddy Corner, por su parte, se preparaba para una jornada más calma. Ruby proyectaba ser una sirena. Myrna, una deportista. Lupita, que había conseguido unas puntiagudas orejas verdes en un negocio de disfraces teatrales, una extraterrestre. También especulaba que el tiempo haría desechar los pensamientos oscuros de Miguel y todo volvería a ser como antes. Pero no esa noche. Esa noche, La Pistolera, entraría en acción y lograría satisfacer a sus admiradores.

En la casa de enfrente, una mujer solitaria miraba una romántica película de los años cincuenta, fantaseando con ser Marlene Dietrich. Dos casas a su derecha, un muchacho terminaba su cena y deseaba ser Marlene Dietrich.

Denise Noguera, la sobrina Klitsky, el director del colegio local, había contenido su impulso de golpear las puertas de los González para que la ayudaran a dar sus primeros pasos en el mundo de la recreación para adultos. Lo haría unas semanas después.

Al Harrison soñaba despierto con ser treinta años más joven. Sentada en la butaca de un cine de Kendall, Molly Hart imaginaba un romance con ese actor con ese rostro y sin nombre para ella.

En la cocina de la Casa Blanca, el presidente disfrutaba de un sándwich de salame seco italiano, pensando en volver a ser ese abogado y profesor universitario que había sido solo cuatro años atrás.

Mirando su teléfono, Jason Rosen aguardaba esa llamada de su exesposa que nunca llegaría.

20

El doctor Richard Glasser se sentó frente a JC con la idea de hacerle notar que había tenido un día muy agitado. La habitación era simple, de tamaño mediano y la pureza de las paredes daban la impresión de que los humanos respiraban mejor allí.

"Tengo aquí anotado que... su nombre es Jesús Cristo... ¿Es correcto? ¿Su nombre es Jesús Cristo? ¿Está bien que lo llame Jesús?" preguntó escribiendo sobre unas planillas amarillas "Jesús, dígame... ¿Usted sabe por qué está aquí, en El Centro de Salud Mental de Miami Gardens?

JC negó con su cabeza.

"Cuéntame sobre tu estado de ánimo en este momento ¿Cómo está tu estado de ánimo en este momento?"

"Estoy bien"

"De cero a diez... ¿podrías describir t estado de animo de cero a diez, Jesús?"

Jesús sonrió.

"¿Estaría en lo correcto si dijera 7?"

Jesús sonrió más ampliamente.

"Ocho..." anotó Glasser.

Los ruidos de la limpieza despertaron a JC. Su cuarto, blanco y desierto, tenía solo una cama y una pequeña ventana que daba a los corredores.

La ventana se abrió y una enfermera lo aguardó con una pastilla en mano.

Arqueó las cejas y JC supo que debía sacar la lengua.

Dylan Dumbar y Miguel González debieron esperar para ser atendidos en la recepción del hospital para lunáticos. Los pasillos olían a amonio y las paredes parecían transpirar.

"¿Son familiares del señor Cristo?

La mujer no quitó su vista de las planillas que debía confeccionar.

"El doctor Cano limitó las visitas por un tiempo indeterminado."

"¿Podemos hablar con el doctor Cano?"

"El doctor Cano viene por las tardes y es el único que puede autorizar visitantes"

Miguel tomó a Dumbar del brazo y lo apartó de la distancia auditiva de la recepcionista.

"Dale unos billetes" dijo Miguel con mirada huidiza "Dale unos billetes"

Dumbar resopló fastidiado.

"Se que el dinero habla, pero el mío siempre dice *adiós*"

Dumbar tomó dos billetes de veinte dólares entre sus dedos y volvió a dirigirse a la mujer.

"¿El doctor Cano viene por las tardes..., está segura?"

La mujer no levantó a mirada, manoteó el dinero y se retiró.

"El doctor Cano viene por las tardes" dijo en plena marcha.

"¿Alguna otra idea brillante?" preguntó Dumbar.

"Plan B"

"¿Plan B? Ni sabía que teníamos un Plan A..."

Pero Miguel había visto algo. Un camino de grava conducía a un sendero de loza entre los arbustos junto a un lateral del edificio, finalmente a una cerca rota que bordeaba su propiedad. Ruidos extraños se filtraban por todas partes: desde arriba llegaba el chillido de un motor viejo urgido de mantenimiento; más allá, un viento entre la maleza; a un lado, una gotera a lo largo de unas ramas podridas por la humedad. El equipo electromecánico funcionaba a pleno. Miguel señaló la entrada.

"¿Qué?"

“Son los ductos del aire acondicionado. Todas las habitaciones tienen una salida de aire. Ese es el plan B…”

Miguel desenroscó cuatro tornillos y el ducto mostró sus virtudes. Miguel ingresó de cabeza en el laberinto de metal e indicó a Dumbar que lo siguiera agitando sus pies.

Dumbar meneó su cabeza. No sabía porque estaba siguiendo a ese loco para rescatar a otro loco.

A través de las rejillas de las ventanillas, observaban como pasaban sobre la recepción, de allí a los baños, a los consultorios, para finalmente sobrevolar las habitaciones-celdas de los pacientes. Así vieron a un calvo pasando un peine por su cráneo. Una anciana bailando ballet. Una jovencita cortando las uñas de sus pies con los dientes.

“No se si es buen momento para decir esto, pero en la gasolinera comí dos burritos con huevos rancheros…” dijo Miguel.

“¡Oh, no!”

“¡Oh, si!”

“Miguel, no. Piensa en otra cosa, cierra el agujero y sigue avanzando…”

Continuaron a través del sistema de ventilación para ser testigos de un hombre que remaba con unos papeles, subido a una silla, mientras cantaba una canzonetta italiana. Por fin, Miguel pudo reconocer la silueta de JC, contraída sobre la cama. Entusiasmado, intentó volverse para comunicárselo a Dumbar, pero lo estrecho del espacio le hizo golear su oreja con un borde de metal. El ducto vibró despertando a JC. Este se levantó, poniéndose de pie sobre la cama y levantando los brazos, dejó escapar un llamado.

"¿Padre...?"

Miguel no pudo contenerse.

"JC, soy tu padre..." dijo Miguel González imitando la voz de Darth Vader.

"¿Padre...?" repitió JC.

"Ciertamente no soy tu madre...," dijo Miguel sonriendo a través de la escotilla. Su rostro cambió "¡Oh... oh!"

"No. ¡No oh, oh!" ordenó Dumbar. Pero fue inútil. Los burritos y los huevos hicieron su tarea al contactar el oxígeno. Dumbar recordaría esto para siempre.

"¿Tú crees que eres libre? ¿Tú crees que allí afuera está la libertad?" preguntó JC.

JC fue aspirado por las manos de Miguel que lo introdujeron al ducto y colocando la rejilla en su lugar, al mismo tiempo que escucharon que alguien abría la puerta de la habitación. Candy, esa simpática y preocupada enfermera que había atendido a JC desde su llegada tres días atrás confinado en esa cueva de piedra y paredes acolchadas con una mezcla de atracción física pero mayormente un miedo respetuoso que la llevaba a bajar su cabeza cada vez que entraba, como rindiendo sumisión. Cuando la levantó, casi dejó caer la bandeja con medicinas que portaba entre sus manos. ¡Un milagro! ¡Un nuevo milagro, como aquel de más de dos mil años en el tiempo! JC no estaba allí y ella había hecho historia removiendo la roca de la entrada, aunque esta hoy se trataba de un metal con cerraduras de seguridad. Sin mirar, tanteó a sus alrededores hasta lograr alcanzar la alarma en el exterior de la habitación. El doctor Glasser, quien en situaciones cotidianas nunca era encontrado cuando se lo necesitaba y el doctor Cano, quien rara vez abandonaba su oficina en el ala este de la clínica, se acercaron con prontitud. Se miraron detenidamente como si transcurrieran horas y Candy se preguntó si era oportuno pestañear. O respirar. No se atrevía a emitir una sola palabra, pero cayó lentamente de rodillas y se persignó, y continuó persignándose por un largo rato. Cano, con esfuerzo, venció sus piernas y se situó junto a la enfermera. Sin poder contener un respirar pesado, la tomó de la mano. Glasser, un ateo, y un hombre criado y educado bajo otra consigna que no daba lugar a ideas mágicas, no reaccionaba. Pero sí sintió un extraño calor sobre su piel. Una hilera de practicantes sanitarios se formó en el pasillo en silencio. Todos allí habían escuchado los rumores y todos allí pisaban un terreno que nunca habían transitado. Glasser los miró buscando ayuda, una explicación lógica al fenómeno. Estuvo presto a ordenar una requisa, habitación por habitación, oficina por oficina, corredor por corredor, pero los rostros detenidos en el tiempo, petrificados, se lo impidieron.

Glasser se persignó. O intentó hacerlo acompañando el movimiento con una invocación, pero luego de *En el nombre del Padre*, no supo cómo continuaba.

Debieron arrastrarse hacia atrás hasta encontrar la salida. Y la salida fue la luz al final del túnel para Dumbar quien, después de recibir todos los gases tóxicos de Miguel, vomitó sobre un rosedal. Caminaron casualmente hasta los portones de la salida, incluso fueron saludados por el amigable guardia de seguridad. Cuando subieron al automóvil, Dumbar encendió la radio. George Michael cantaba *Freedom*. JC comenzó a golpear rítmicamente el suelo con sus pies. Miguel lo imitó. No esperaron que JC comenzara a canta, tararear más precisamente, esa canción. Y lo hizo sin errores, siguiendo el compás del cantante. En ese instante, Miguel fingía para sus adentros ser inglés estirando las líricas. Desde la brusca partida del hospital psiquiátrico, Dumbar y Miguel habían atravesado por una serie de estados anímicos que parecían preocupantes. Pánico, ansiedad y una asfixiante sensación de que eran perseguidos, terminando posiblemente en prisión. Sin embargo, JC se mantenía calmo.

"Es tiempo..." dijo JC simplemente, señalando hacia el oeste. El carro enfiló hacia Spring City. Una hora más tarde aún estaban en la carretera. Navegaron por una averiada avenida de un pueblo alegre eludiendo personajes que esperaban las últimas horas. Una multitud animada llenaba las aceras, la escena iluminada por las luces vivas de la calle: grullas altas y corpulentas, comiendo semillas con sus picos poderosos como si no hubiera un mañana. La mitad de las figuras en esos senderos parecían humanas, aunque sin esperanzas. Luego, la ruta otra vez. Árida, desprovista de alma. Pasaron por una nueva aldea de pescadores al mediodía. Dumbar mantuvo las manos sobre el volante, quizás esperando órdenes. La pequeña ciudad parecía haber sido abandonada en el tiempo en su mayor parte. Muy pocas señales de vida. Coches en la calle cubiertos de polvo y afectados por la corrosión marítima. Un hombre en un portal, posiblemente de retorno de su jornada de pesca, envejecido por el sol pareció secarse con el tiempo hasta convertirse en cuero. El viejo los miró a medida que detenían el automóvil sobre la arena y esa mirada era todo lo que recibirían como saludo. JC caminó hacia el agua, se detuvo por un instante y retomó su caminata, paso sobre paso, sobre el mar. Ambos se acercaron y fue Dumbar quien observó el mar fundiéndose con la arena blanca, arena sedosa, arena de vidrios. JC continuó su andar sin hundirse. Miguel tal vez sí, pero Dumbar no daba crédito a sus ojos. JC caminaba sobre las aguas del sur del Golfo de México como él lo había hecho por las aceras de la avenida Collins unas horas antes. Pensó que JC lo observaría y le invitaría a caminar con él. Por primera vez en mucho tiempo, quizás desde la muerte de su madre, sus ojos se humedecieron. Trató de no ser visto y avanzó unos pasos mojando sus zapatos.

"¿Qué está tratando de hacer ese tonto?" dijo el viejo "Estas playas son de poca profundidad, no hay más que almejas y cangrejos... ¡Va a tener que caminar como una milla para poder darse un chapuzón...!"

JC continuó su caminata sobre el agua a paso lento, pero nunca se volteó y nunca los invitó.

"¡Hijo de puta!" entre dientes, apenas murmuró Dumbar.

JC desapareció en el horizonte. Dumbar y Miguel se miraron y comenzaron a reír hasta agotar el aire de sus pulmones.

Jesucristo Vuelve a Casa

ISBN 9798846395374

Jesucristo Vuelve a Casa

email@PrisioneroEnArgentina.com

www.PrisioneroEnArgentina.com

CRUDO

Fabian Kussman

Hay un nuevo jefe de policía en el pueblo. Hay un nuevo jefe de policía en el pueblo y tiene que enfrentarse a un abanico de criaturas extrañas llamadas seres humanos, con sus miserias sobre los hombros y crueles destinos marcados. En medio de una amenaza de inundación, Jack Keegan debe investigar el paradero de algunas personas sin ayuda oficial y con las complicaciones brindadas por enemigos que logró ganarse en el lugar.

EL REGIDOR

Fabian Kussman

Hank Elliott, un veterano ex agente de la CIA, es contratado para formar una unidad especial para un operativo de seguridad. Pero el plan es eliminar a los antagonistas domésticos de un gobierno que quiere permanecer en el poder para siempre. Ahora, Hank Elliot debe detener a su propia gente.

SILENCIOSOS SONIDOS DE MEDIANOCHE

Fabian Kussman

Tommy Giardino era un abogado destacado que trabajaba en una firma de gran éxito en Nueva York. Razones desconocidas lo llevaron a abrir su práctica en Florida donde se encontró con una gran cadena de eventos desafortunados que lo sumergían en una zona de arenas movedizas legales. Tristemente, la buena vida se ha llevado lo mejor de Tommy. O al menos eso pensaba. Silenciosos Sonidos de Medianoche es la nueva novela de Fabian Kussman, autor de las exitosas Abdicación de Bashkin y El hechizo de la mujer cobra.

LA ABDICACIÓN DE BASHKIN

Fabian Kussman

Abie Bashkin es un escritor y profesor universitario cuya carrera comenzó de manera brillante, pero se estancó durante un tiempo y lo dejó atrapado en un mundo monótono. Ha fracasado como persona social, como amante, como autor de éxito. Una serie de eventos fortuitos hacen que decida deshacerse del reconocimiento intelectual por dinero y fama. Él es un escritor más vendido ahora. Abie se convierte en su propio héroe, pero sobre todo en su propia mente. Se enfrenta cada día y cada noche a la posibilidad real de que su psique esté siendo invadida por los procesos de auto desintegración de una psicosis real, pero en lugar de preocuparse, se ríe de ello.

FLETCHER SHAW Y EL HECHIZO DE LA MUJER COBRA

Fabian Kussman

Fletcher Shaw es un empresario exitoso, un Don Juan, un ganador, pero una historia del pasado sale al ojo público y Fletcher debe enfrentar sus demonios y la herencia de estos. Ahora, todo es una tormenta sin pausas. El FBI, la industria farmacéutica, organizaciones criminales y su propia sombra lo persiguen. Un relato de humor, horror, investigaciones policiales envueltos en otra creación de Fabian Kussman, el autor de “Versión Impropia”, “La Abdicación de Bashkin” y “Las Golpeadas Orgullosas”.

www.ingramcontent.com/pod-product-compliance
Lightning Source LLC
LaVergne TN
LVHW041205150826
845673LV00001B/285

* 9 7 9 8 8 4 6 3 9 5 3 7 4 *